En Labradors Bekendelser

af
Pia Lund

"En Labradors Bekendelser "

Forfatter: Pia Lund

Udgivet af: www.gahrgalleri.dk /v. Gitte Ahrenkiel

Cover-fotos: Pia Lund

Forlag: Books on Demand GmbH, København, Danmark
Fremstilling: Books on Demand GmbH, Norderstedt, Tyskland

Copyright: © 2015 Pia Lund

ISBN: 9788771704327

FORORD:

Kære læsere.

Denne bog handler om mit første leveår. Den er sammensat af alle de breve, som jeg har skrevet til, og fået fra min opdrætter.

Dejligt med en lille pause.

Inden jeg starter, er der lige en del mennesker, som jeg gerne vil takke.

Først vil jeg gerne takke min opdrætter Lis og min labrador mor Snowie, der sørgede for, at jeg kom til verden. Min nuværende familie, fordi de elsker mig, og passer godt på mig. Uden mor Pia ville jeg aldrig have kunnet diktere brevene fra mit første år.

En der også fortjen en kæmpe stor tak, er far Jørn, der foruden at være den første til at opfordre mig til at skrive denne bog også har læst korrektur på vores udgydelser.

Desuden vil jeg også gerne takke mors gamle klassekammerat Bjarke og, for også at opfordre min mor til at samle alle mine breve i en bog. Til sidst vil jeg også takke vores forlægger og udgiver, der gør det muligt at trykke den."

Jeg håber, at I vil synes om bogen, og at I vil anbefale den til andre

Mange hilsner fra Simka og hans mor.

Kapitel 1

Jeg er en sort labrador han, der hedder Simka. Jeg bor på Nordfalster sammen med min familie. Vi bor nær Grønsund, hvor det er sjovt at gå ture med mor hver dag.

Jeg er født den 22. maj 2014. Min opdrætter hedder Lis Hansen. Hun gav mig stambogsnavnet "Candyman". Men mor og far synes, at jeg skulle hedde Simka, så det er det navn jeg lyder.

Jeg er en af 5 hvalpe, fra det første kuld på 7, som min smukke, gule, højt præmierede labrador mor, der hedder: "Lab Kenholm Snow Dance", fik. Til daglig bliver hun kun kaldet Snowie.

Mor "Snowie"

Min sorte labrador far hedder: "Dee-Fair Tea For Breakfast". Normalt bliver han kaldt Homer. Han er også højt præmieret og en rigtig flot fyr, synes både min opdrætter og min familie. De siger, at jeg slægter ham på.

I det hele taget var vi et dejligt kuld hvalpe, siger Lis. Som I kan se på billedet, så var vi 2 sorte og 3 gule.

Jeg var jo kun en lille bitte hvalp dengang, og kan ikke huske hvor mange af os der var hanner og hvor mange der var hunner.

Lis siger, at vi alle 5 var nogle dejlige størrelser, der var fuld af krudt og ballade,

Far "Homer"

Mig og mine søskende

fra den dag vi fik øjne. Især da vi kom ud i vores løbegård. Jeg kan huske at vi sloges, legede tagfat og nappede hinanden i ørerne. Ifølge Lis og mor, så er det noget alle hvalpe gør, når de leger sammen. Jeg husker tydeligt, at mor Snowie havde nok at se til, når hun skulle opdrage os til nogle fornuftige og gode hvalpe. Lis synes, at det er lykkes. Jeg håber, at mor Snowie også gør.

Her er jeg 4 uger

Jeg tror nok, at jeg har en særlig plads i Lis hjerte, fordi jeg var der alene i 2 uger efter, at de andre var blevet hentet af deres respektive familier. Grunden til det var, at min nye mor så kunne hente mig hjem, imens hun havde ferie, så jeg kunne nå at lære min nye familie at kende, inden mor igen skulle på det der, hun kalder arbejde. Jeg ved ikke, hvorfor det der arbejde er så vigtigt, men det er noget mennesker skal, siger mor.

Jeg er vist også den eneste fra kuldet, som mor Lis har kontakt med. Men vi ses ikke så tit, fordi vi bor helt nede på det der, som mor kalder Falster. Derfra er der lang vej til mit barndomshjem i Frederiksværk. Dog mødes vi af og til på udstillinger og skuer. Når vi mødes kan mor Snowie stadig huske mig. Ligesom tante Chanel kan. Lis siger, at tante Chanel aflastede mor Snowie, når hun trængte til ro og fred. Så vidt jeg husker, var Chanel rigtig sjov at lege med, fordi hun stadig kunne huske, hvordan det var at være hvalp.

Og her er jeg 7 uger gammel

Kapitel 2

Dato: 04 08 14 – Vedr. Simkadrengen

Kære Lis, Poul, mor Snowie og tante Chanel.

Mor siger: "Så er vi begyndt på andet døgn med vores vidunderlige Simka". Jeg ved ikke, hvad ordet vidunderlig betyder, men så vidt jeg kan forstå, betyder det tilsyneladende noget meget godt. For mor smiler meget glad.

Jeg er allerede faldet godt til i mit nye hjem, og hygger mig gevaldigt med alle de nye ting, der sker omkring mig.

I øjeblikket er mor ved at lægge mad, leg og gåture ind i det, hun kalder "faste rammer". Jeg ved altså ikke, hvad hun mener, men hun siger, at da jeg er så klog og dygtig, og hurtigt accepterer tingene som de er, så skal jeg nok forstå det hen ad vejen.

Vuf - hvor er det altså en spændende at være ude i den nye have.

Men det er også godt med en lille lur.

Det med at holde mig oppe på terrassen holdt kun til i går formiddags. Så nu udforsker jeg rigtigt min nye have. Jeg besørger også ofte i den, og jeg har kun lavet 2 natlige uheld, som mor kalder dem. Så nu er jeg, "næsten", helt renlig, fordi jeg er god til at fortælle min mor og far, når jeg skal ud.

Jeg synes selv, at jeg allerede er rigtigt god til at gå tur i snor. Jeg trækker overhovedet ikke - ja det vil sige -med mindre jeg møder andre mennesker og hunde, som jeg meget gerne vil hen og snakke med. Jeg har dog forstået, at det er mor der bestemmer farten på gåturene.

Når jeg trækker, så stopper hun op, og beder mig om at sætte sig ned. Selvfølgelig prøver jeg at gøre det hver gang, for jeg ved, at der falder en lille belønning af, hver eneste gang jeg gør, som hun siger. Jeg har også allerede lært at sætte mig ned, førend vi går over de der mørke striber, som mor kalder vejen.

Vi går små korte ture 3 gange om dagen. Det er smadder hyggeligt, fordi det også giver mig mulighed for at besørge i det bløde, høje græs, der hvor vi går tur.

Fordi jeg er en lille bitte hvalp, synes alle dem vi møder, at jeg er dejlig og charmerende, lige med undtagelse af Bella, som er en sætter dame, der overhovedet ikke interesserer sig for at være sammen med andre hunde. Det er ikke fordi, hendes far ikke har socialiseret hende, og derfor har hun altid gået sine egne veje, siger mor.

Mor siger, at hjemturen fra jer gik fabelagtigt godt. Selvfølgelig peb jeg en lille bitte smule, da vi kørte. Men inden vi nåede den store vej, så havde jeg knaldet brikker, og sov på det dejlige våde håndklæde. Jeg sov lige til vi nåede noget, mor kalder "Pibehus", hvor der er en rasteplads. Så vidt jeg kan forstå, er det et sted, hvor man holder pause. Her tog vi en kort strække ben pause, hvor jeg drak lidt vand.

Den næste pause holdt vi ved den rasteplads, mor kalder "Udby", hvor jeg fik nok en tår vand i min skål. Jeg var bestemt ikke interesseret i at drikke noget, fordi jeg ikke var tørstig, og det var også meget sjovere at udforske det dejlige bløde græs.

Mor og far siger, at de allerede elsker mig meget højt, og de synes, at det er sjovt at se mig knokle rundt ude på græsset. Som I kan se på billedet, så ligger jeg lige nu under bordet og får mig en lille skraber, for dagen har jo allerede budt på en masse.

Nok en lille lur.

Mor ved at I savner mig og min tonsen rundt, og hun og far håber, at I har det godt deroppe, og har fået renset luften af det der våde, der falder ned fra himmelen, som mor kalder regn. Hernede har vi fået en del regn.

Morgenturen foregik da også i regnvejr, hvilket jeg selvfølgelig også nød, da det indtil nu har været meget varmt.

Skulle hilse fra far og mor. Knus og kram herfra til jer alle 4

Simka

Se jeg sidder allerede fint

Spændende stykke træ, mon man kan bide i det?

Kære Pia, Jørn og ikke mindst Simka,

Mange tak for Jeres dejlige brev og billeder, hvor er det dejligt at høre, han er faldet godt til, ja, jeg må indrømme at jeg savner ham, han havde et blødt punkt i mit hjerte. Dejligt at se hvor han trives, alene det at han ligger på ryggen med blottet mave, er meget gode tegn på tryghed. Tøserne savner ham også, men det ved vi jo går over.

Dejligt at hjemturen gik fint.

**Mange hilsener
Fra Snowie, Chanel, Poul og Lis**

PS: Vi glæder os til at følge ham

Kapitel 3

Dato: 11 08 14 - Simka 11 uger.

Kære Lis, Poul, mor Snowie og tante Chanel

Så er der gået nok en uge, og jeg har passeret de 11 uger. Jeg kan stadig væk sno far og mor om noget mor kalder "en lillefinger". Det er fordi jeg er en lille hvalp. Siger hun. Far of mor kalder mig en lille "frækkert", fordi jeg bider i al ting. Bla. har jeg snøret min far for hans sutsko, som jeg leger og bider i med stor fornøjelse. He, he...

Fingrene væk, det er min sut.

Nu er jeg helt renlig. De sidste 3 dage, har jeg nemlig ikke lavet nogen natlige uheld. Jeg har dog stadig et hjørne med avispapir, hvis uheldet skulle være ude imens mor og far sover.

Vi møder mange hunde med deres mennesker, når vi går tur. Jeg er overhovedet ikke bange for at hilse på alle dem vi møder. Jeg er ligeglad med, hvor store hundene er, bare jeg får lov til at hilse på dem. Det er smadder spændende at møde nye ukendte hunde og deres mennesker. De vovser jeg møder, kunne muligvis også blive mine nye legekammerater. Det er bestemt også rart, at blive klappet af en masse mennesker. De siger at jeg er sådan en dejlig lille kluntet hvalp. Så vi hører ofte Nåååårh årh. osv., fra mange af de mennesker vi møder på vores tur.

Forleden dag var jeg ovre og lege med en anden hund der hedder Barkus. Han er en fransk buldog. I kan tro at Barkus og jeg hyggede os gevaldigt sammen. Selvom Barkus er en voksen hund, så var han ikke for vild, for han ved godt, at jeg bare er en lille hvalp, og han fandt sige derfor troligt i, at jeg nappede ham i poterne. Faktisk så tilbød han mig dem selv. Så da vi kom hjem igen, var jeg meget træt. Efter ca. en halv times tid, var jeg dog igen klar til at trække reb med mor. Det er hårdt at lege, når man er en lille hvalp, så derfor endte det også med, at jeg lagde mig til at dase under hendes stol.

Jeg nyder de korte ture 2 - 3 gange om dagen. Jeg er jo som sagt dygtig til at sidde og vente ved kantstenene, før vi går over vejen. Og så snart vi kommer ned på den sti mor kalder: "Jernbanestien", får jeg lov til at løbe uden snor. Mor fortæller, at der i meget gamle dage kørte tog fra Stubbekøbing til Gedser, men at det i dag er udlagt som et dejligt grønt område, med grusstier og store dejlige, bløde græsplæner.

Området ligger ved noget der bliver kaldt: "Grønsund", og det ligger lidt nord for Stubbekøbing. Her er det muligt at gå uden snor, og det er jeg rigtigt godt tilfreds med, for så kan jeg gå og snuse, som det passer lille nysgerrige mig. Men Jeg kommer dog altid som et lille "futtog", når mor kalder på mig. I starten når vi gik dernede uden snor, var det tryggest for mig at gå lige ved siden af mors ben, men sådan er det ikke mere. Nu skal alting undersøges, snuses og bides i. Jeg bestemmer selv, hvornår jeg vil holde en lille pause, for så sætter jeg mig bare ned på min bag.

Næsten hjemme

Jeg har fået mit første hundetegn, som er et lille messing ben, fordi jeg elsker at ligge og gnave på Bossys gamle okseben. Bossy var den hund, som mor og far havde før mig. Mor siger, jeg bruger det, lige som en menneske baby bruger sin bidering.

Mor fortæller mig, at alle hunde skal have et hundetegn på, når de er ude og gå tur. De kunne jo blive væk fra deres mennesker. Det vil altså sige, at skulle jeg blive væk fra mor på vores ture, så kan man kontakte mor eller far. Hun har også fortalt mig, at jeg er blevet forsikret. Det er også noget alle hunde skal være. Jeg ved ikke, hvad forsikret betyder, men når mor siger det, skal det nok være rigtigt.

Sitter på min bag pause

Den 19. skal vi til noget, hun kalder, "dyrlæge", som jeg ikke ved hvad er. Her skal jeg have noget, der hedder en "vaccination". Det ved jeg heller ikke, hvad er for noget. Hvor er der altså meget, jeg ikke ved noget om. Mennesker bruger altså mange mærkelige ord. Mor siger i hvert fald, at det ikke er noget der gør ondt, og at jeg kun vil mærke et lille prik. Hun får det der dyrlægehalløj til at lyde rigtigt spændende.

Liggepause

Som sagt er jeg, ifølge mor, en rigtig lille spilopmager, der trives godt i mit nye hjem. Mor og far elsker og forkæler mig, og jeg elsker også dem. Men det ved jeg, at du ikke er i tvivl om. Jeg skulle hilse jer fra dem begge.

Kærlig hilsen
Simka.

Kære Pia og Simka

Tusind tak for Jeres søde mail, hvor er det nogle dejlige billeder, og hvor er det dejligt at høre, at lillemanden trives så godt, jeg bliver helt rørt over at høre, at I er så glade for ham, han skal nok klare dyrlægen fint, det er helt sikkert. Du har sikkert ret i, at han synes, det er hyggeligt med et ben, som måske lugter af en anden hund, og hjemmeskoen er helt klart et hit.

Mange hilsener til Simka og hans mor og far
Fra Snowie, Chanel, Poul og Lis

<h1 style="text-align:center"><u>Kapitel 4</u></h1>

Dato: 20 08 14 - Simka næsten 13 uger

Kære Lis, Poul, mor Snowie og tante Chanel.

Så er der lige lidt fra os 3 hernede på Falster igen. Hvor jeg har det skønt. Ifølge min mor er jeg en rigtig frækkert, og fuld af spilopper med mine snart 13 uger. Det kan selvfølgelig ikke forbavse dig. Mor og far siger, at de knus elsker mig, og at jeg er alle pengene værd. De griner ofte, (hvilket er noget mennesker gør, når de synes, at noget er sjovt eller morsomt), når jeg tumler rundt med sutsko og Bossys gamle oksegnaveben, som jeg faktisk har gnavet helt ind til marven på midten af benet. Mor ligger ofte nede på gulvet eller på græsset, og leger med mig. Vi trækker tit snor eller sutsko, hvilket er smadder sjovt. Endnu er mor stærkest, men hen ad vejen bliver det mig, siger hun. Sommetider leger vi også lidt gemmeleg, når vi lige går en lille tur i haven, og får tisset af inden jeg og resten af familien går til ro.

Jeg elsker havens fuglebad, som er det bedste i verden. Der er rigtigt sjovt, at stå med forpoterne oppe i vandet og vælte granitfuglene, som mor kalder dem, ned fra kanten af det. Mor kan godt blive lidt sur, når jeg gør det, men for det meste samler hun dem blot op, og sætter dem på plads igen. Faktisk - så smager det vand, efter min mening, meget bedre, end det der er i min vandskål.

Hvor smager det dog godt

Mor er startet på det der, hun kalder arbejde, så jeg er alene hjemme sammen med min far. Far og jeg hygger os gevaldigt når mor er væk. Det er så rart at ligge og nusse med ham, og der bliver også tid til at få en ordentlig lur, inden mor igen er hjemme. Inden mor tager af sted, går vi en lille tur, så jeg kan få gjort stort og småt. Når mor så kommer hjem fra arbejdet, går vi vores eftermiddags tur, nede ved, "Grønsund". Her møder vi ofte andre hunde og mennesker, så jeg har ofte nogen at lege med. Jeg er ikke bange for noget som helst, hvilket resulterer i, at nogen af de andre hunde sommetider sætter mig på plads. De gør det ved at snerre af mig, for at minde mig om, at jeg er lidt for fræk, selvom jeg kun er en hvalp. Når det sker, sætter jeg mig på halen, og kigger undrende på dem, med det min mor kalder, "et gavtyv glimt i det ene øje". Jeg er stadig meget lydig, siger mor. Jeg stopper og sætter mig, inden vi går over en vej. Jeg stopper også op, når mor synes, jeg er løbet for langt foran. Selvfølgelig kommer jeg, når der bliver kaldt på mig, også selvom jeg er ved at undersøge den daglige avis. "Hvilket, kære læsere, betyder, at jeg bruger min næse til at snuse alle mulige steder, for at se om der er kommet nye dejlige lugte, siden jeg sidst kom forbi."

Nussetid

Der er en ting jeg ikke kan lide - og det er støvsugeren. UF, UF. Men den lyd kan min far heller ikke lide.

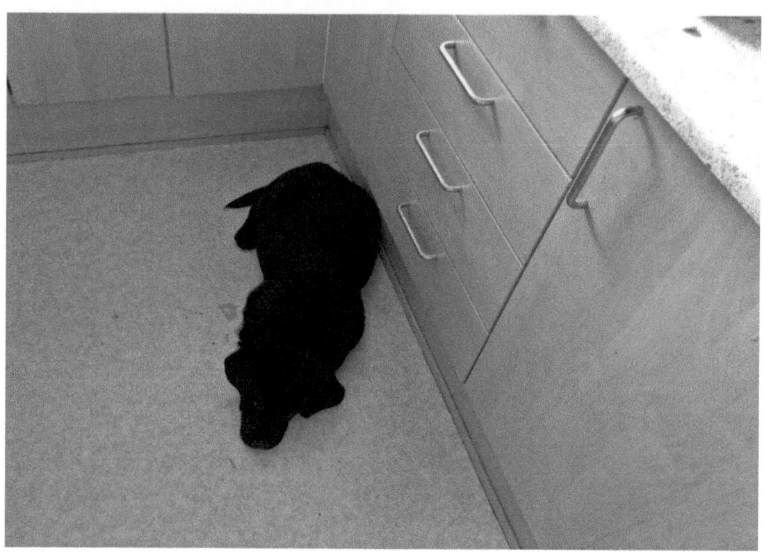

Mon der dog ikke alligevel falder en godbid af ?

I går var jeg til den der dyrlæge, og fik ordnet det, min mor kalder: "Mit 12 ugers check" hvilket også medførte, at jeg skulle stikkes. Efter min mening var det en rigtig spændende tur. For det første var der jo andre hunde, man kunne snakke med, og deres mennesker der hele tiden sagde: " Nåh og ih, hvor er du dejlig og nuser". Det virker som om folk synes, at jeg er noget særligt, når de ser mig. For det andet gav ham der dyrlægen en masse dejlige kiks, imens jeg blev undersøgt og fik det der stik, som mennesker kalder en injektion. Tænk en gang, jeg lagde slet ikke lagde mærke til det.

Dyrlægen syntes, at der lige skulle skæres lidt ned på mit foder, så jeg ikke blev for tyk, og derved kom til at overbelaste, noget de kalder mine hofter. For dem som ikke ved det, er det der, hvor mine for og bagben mødes med min krop. Det med mindre mad er altså virkelig ØV - Så nu får jeg endnu mindre at spise hver dag. Jeg synes altså det er tarveligt. Heldigvis får jeg da stadig en lille klat A38 som natmad, og lov til at slikke mors skål om morgenen. Jeg får også en tyggepind hver dag, så jeg kan holde mine tænder flotte og hvide. Søndag får jeg en lille skive ost, som jeg rigtigt godt kan lide.

I morgen skal vi indskrives til noget mor kalder: "Hvalpetræning", i noget der hedder: "Politihundeklubben". Mor siger, at det der træning, starter på lørdag. Ifølge mor, blev det nødt til at blive der, da hvalpetræning i det mor kalder: "Retriever klubben", foregår i nogle byer der hedder Haslev og Præstø. Det synes mor og onkel Keld er lidt for langt at køre. Jeg er sikker på at det bliver sjovt, for mor har fortalt, at jeg kommer til at møde en masse andre hundehvalpe.

Det er rigtigt sjovt at hive mit tæppe ud af kurven

I øjeblikket foregår de fleste sysler indendørs, men sådan er det, når det regner, siger mor. Vejret er blevet helt efterårsagtigt, og det betyder kort og godt, at det er blevet koldere, og at de der strittere mor kalder: "Træer og buske", taber det som mor kalder: "Bladene". Jeg synes at det er en god tid, for det er blevet køligere, og det kan jeg virkelig godt lide.

Så jeg vil slutte for nu. Der medfølger som sædvanligt en del billeder, og en hilsen fra far og mor og onkel Keld

Knus og kram fra mig hernede i Stubbekøbing

Simka.

Kære Simka, Pia og Jørn,

Mange tak for det dejlige brev, jeg bliver så glad, når jeg hører hvordan det går, det med fuglebadet har han nok lært herfra, det kunne han heller ikke stå for her. Hvor er det dejligt, at han lærer så meget og at han skal på hvalpekursus, det vil han få meget glæde af,

Snowie er begyndt at komme sig rigtig godt, nu begynder hun at få lidt pels, så nu ligner hun ikke helt en kinesisk hårløs.

Støvsugeren her i huset er heller ikke noget vores hunde bryder sig om.

Endnu engang tak for det dejlige brev og giv Simka en knuser og lille møs.

**Mange hilsener fra
Snowie, Chanel, Poul og Lis**

Kapitel 5

Dato: 30 08 14 – Simka 14 uger.

Kære Lis, Poul, mor Snowie og tante Chanel.

Ja så blev det igen tid til at skrive et par ord om, hvordan det går hos os hernede på det nordlige Falster.

På gåtur i regnen

Vejret er meget vådt på denne årstid, siger mor. Så nu har jeg prøvet at blive våd helt ind til skindet. Mand - hvor kan jeg godt lide at gå tur når det regner rigtigt meget. Men det er også rart at komme hjem igen, for så bliver man tørret med det der dejlige bløde håndklæde, hvilket bestemt også er rart. Mor siger, at som den labrador jeg er, er det kun naturligt, at jeg elsker vand, og at det er derfor jeg er ligeglad med regnen, bare vi kan komme ud og gå ture i den smukke natur, så jeg kan få læst den daglige hundeavis.

Jeg er vokset og vejer for øjeblikket 14 kg. Selvom jeg kun får 70-80 g i mine 3 daglige måltider. Ifølge mor, så lider jeg ingen nød.

Nu er vi også startet på det der hvalpetræning, hvilket foregår 2 gange om ugen inde i en by der hedder "Nykøbing F". Til træningen bliver der brugt utroligt mange godbidder, hvilket jeg synes er super godt. Dog bliver det trukket fra den daglige ration mad. Det synes jeg ikke er godt! Det er sjovt og sundt for os begge at deltage i hvalpetræning, siger mor. Der er 18 hvalpe inklusiv mig til træning hver gang. Så der bliver virkelig løbet og sprunget meget, især når vi har frikvarter, hvilket er det samme som en pause. Der er hvalpe i mange forskellige størrelser. Den mindste lille hvalp hedder Vaffer, og han ligner en sammenrullet snor, det er derfor han også bliver kaldet en bomuldshund. Den største, der ifølge mor, er af en race der kaldes Rottweiler, kan jeg ikke huske, hvad hedder. Dog er der flest retrievere, lige som mig, på holdet. Men der er også et par schæferhvalpe og et par korthårede jagthunde. Trænerne er rigtig dygtige, siger mor. Det er leg på leg, hvilket jeg synes er super. Mand, der er ikke noget så sjovt som at lege – måske bortset fra mad og en lur. Ifølge mor er det jo sådan, det skal være.

Når vi træner herhjemme, så bruger vi også godbidder i stor stil, som vi har lært til træning. Og jeg er virkelig nem at træne, siger mor. Jeg elsker at gå tur og træne sit, fri, hjemkald og søge efter godbidder i græsset. Mor synes, at jeg er meget lærenem. Jeg kommer selvfølgelig, når mor og far kalder, også når der andre hunde og mennesker til stede. Jeg går rimeligt pænt i snor, og har næsten lært at gå bagom mor og sitte efter hjemkald. Jeg er stadig ikke bange for noget som helst. Sidst vi var til træning var der skydning ovre på skydebanen. Den ligger lige bag træningsstedet. Det generede og distraherede mig overhovedet ikke. Jeg lader mig heller ikke distrahere, når de store lastbiler, biler og knallerter kører forbi. Mor siger, at det kun er godt, for når vi skal lære at apportere vildt, bliver der også affyret skud.

Jeg nyder bestemt også at være sammen med min far, når mor er på job. Så ligger vi begge, og får os en lille en på øjet i løbet af formiddagen. Når det så bliver frokost tid, så giver far mig mad, som selvfølgelig ryger ned i løbet af et par sekunder, hehehe, hvorefter jeg stryger ind i stuen med håb om, at der også falder lidt af fra fars tallerken.

Fars sutsko er sagen

Nu ville det være dejligt med en lille lur

Det var godt at høre at mor Snowie er ved at få sin pels igen og komme sig oven på den intense tid med os hvalpe. Mon hun en gang imellem savner os? Eller har hun glemt os? Hvordan går det med tante Chanel? Og ikke mindst hvordan har I det?

Der kommer lige som sædvanlig lidt billeder af Simka drengen, som mor ofte kalder mig. Så I kan se, hvor stor jeg er blevet, og at jeg trives:-) mor siger, at hvis I skulle få lyst, så er I velkomne til at kigge forbi, hvis I alligevel har et ærinde hernede:-) Der er altid kaffe på kanden, og der er altid nogen hjemme.

Skulle som sædvanlig hilse fra far og mor. Jeg returnerer også et nøs og et kram.

 Kærlig hilsen

Simka

Kære Simka, Pia og Jørn,

Mange tak for mailen med billeder, det er så dejligt at høre om ham, og at han trives godt, det er også rart at høre, at han er lærenem, jeg havde heller ikke regnet med at han var skudræd, Det lyder rigtig fint med træningen, det får han meget ud af, og han bliver dejlig træt i hovedet.

Vi kan godt finde på at komme forbi en dag, men vi skal nok ringe i forvejen, for vi vil jo meget gerne se ham, han var jo min yngling.

Kærlig hilsen
Snowie, Chanel, Poul og Lis

PS: Snowie ser jo en gang i mellem ind i hvalpegården, så det kan jo godt være, at hun kan huske dem.

Kapitel 6

Dato: 07 09 14 - Så er vi blevet 15 uger

Kære Lis, Poul, mor Snowie og tante Chanel.

Så blev det igen tid til en potemail fra os hernede i Stubbekøbing. Jeg håber, at både I og hundetøserne har det godt deroppe i det, mor kalder, det smukke Frederiksværk. Håber at mor Snowie snart er sig selv igen, så I igen kan komme på det der, "udstilling" og vinde mange flere "priser", end dem hun har i forvejen.

Så er jeg blevet lidt over 15 uger gammel, og jeg har tabt mine 4 første hvalpetænder. 2 i overmunden og 2 i undermunden. De nye tænder er på vej. Mor og far har dog ikke fundet nogen af de gamle. På grund af tandskift er mine tyggeting blevet noget blødere, da jeg nødigt skal have ødelagt mine nye tænder, så mit bid ændrer sig, har mor forklaret mig.

Mor synes stadigvæk, at træningen går godt, og at jeg er blevet rigtig dygtig til at gå tæt på mor i snor. Det er det samme som at "gå ved fod", siger mor. Ved sidste træning var vi på noget, mor kalder: "Vores lokale Falck station", hvor vi hvalpe skulle lære en masse nye dufte at kende, og en del nye lyde. Vi skulle også prøve at gå op af en åben ståltrappe. Jeg nåede kun 2 trin, så sagde jeg "stop"! Det var bestemt ikke noget, som jeg havde lyst til. I kan tro nej, ikke mig. Det var mor et eller andet sted glad for. Hun mener, at det er alt for tidligt, at lære at gå op og ned af trapper, specielt for labradorhunde. Mine hofter er slet ikke stærke nok endnu, til at gå på trapper, ifølge mor. Hun siger, at store hunde kan udvikle noget der hedder: "Hoftedysplasi", hvis de for tidligt går på trapper. Det er en meget smertefuld sygdom, fortæller mor mig. Ellers var jeg meget interesseret i de nye sjove lugte og de spændende nye lyde. Der blev også tid til at træne "gå ved fod", både med og uden snor, og vi fik begge to stor ros af træneren. Så mor var lidt stolt, da vi kom hjem, og det var onkel Keld også, som med stor fornøjelse kører os til træning, dyrlæge m.m.

Hørte jeg mor kalde ?

Vi har det alle tre fint, og jeg er selvfølgelig vokset en del. Nu kan jeg lille, "frække laban", som mine forældre kalder mig, selv klatre op på sofaen. Jeg elsker at ligge og gasse mig oppe hos far. Og far bliver vækket hver morgen af min våde hundesnude, når mor er gået på arbejdet. Mor og jeg går tur 3 gange om dagen. En kort en om morgenen. Den lange, der også omfatter træning af næse, sit, dæk og på plads, om eftermiddagen, når mor kommer hjem fra arbejdet. Og så en kort godnat tur inden vi skal sove.

Jeg får stadig en lille bitte klat A38 før sengetid og mine 3 måltider om dagen. Der bliver til 2, de dage vi går til hundetræning. For til træningen er godbidder i massevis i højsædet, da det gør, at alle vi hvalpe, som sagt tidligere, lærer hurtigere. Så tirsdag og torsdag består aftensmaden af enten kyllingepølser eller små kødboller– Mums. Jeg er en forkælet hvalp, så alt er, som det skal være, synes mor. Når vi træner de andre dage, så står den på meget færre godbidder, og de er ofte sunde, så som æble- og ostebidder og små sunde oksebidder.

Knus og kram fra os alle

Simka

Se min fine lyserøde tunge

Jeg hørte noget? Var det lyden af mad?   *Nah, det var bare mor der kastede et æble.*

Kære alle 3,

Mange tak for nyhederne, det er en ren fornøjelse at høre, hvordan det går med Simka, og det er meget – meget klogt at han ikke går på trapper, det er alt for tidligt, hans hofter er slet ikke stærke nok endnu, VENT.

Ja, vi kan jo godt høre, at han bliver forkælet, men det har vi bestemt ikke noget imod, det er vores sandelig også. Det går fremad med Snowies pels, men jeg tror ikke, hun er klar før juleudstillingen i Næstved.

Nu må I have det godt, til vi hører mere.

Mange hilsener
Snowie, Chanel, Poul og Lis

PS: Det er hyggeligt med en våd snude om morgenen.

Kapitel 7

Dato:14 09 14 - Simka 16 uger.

Kære Lis, Poul, mor Snowie og tante Chanel.

Så blev det nok engang tid til en lille Simka hilsen. Jeg vokser stærkt nu. Ifølge mor og far, kan man næsten se det fra den ene dag til den anden.

De første 4 blivende tænder, 2 i over- og 2 i undermunden, er nu vokset helt ud. Til gengæld har jeg tabt 2 tænder på hver side af de 2 blivende i overmunden. Så jeg ser lidt tandløs ud, men de nye er på vej. Mor går ud fra, at de næste jeg taber bliver dem i undermunden. Så jeg har for øjeblikket kun halvhårde ting at bide i.

På tirsdag er det sidste trænings session for denne gang. Men jeg fortsætter træningen på hjemme basis. Det bliver lidt trist når det er slut. Mor syntes at det har været så morsomt, at se os 18 hvalpe i alle størrelser og udformninger tonse rundt imellem hinanden og med hinanden. Vi hvalpe går virkelig til den, og det er ikke blide ting vi gør ved hinanden. Heldigvis er der ingen af os, der ikke kan lege med hinanden. Mor synes, at det er rart, for så bliver der ikke nogen alvorlige slagsmål. Ifølge mor, klarer jeg mig fint i træningen.

I torsdags havde jeg dog en dag, hvor det bestemt ikke passede mig at gøre min mor tilfreds, da der blev trænet lineføring. Mor mener, at hun kan ane en lille snert af den første trodsalder. Ifølge mor, betyder det, at jeg ikke vil gøre som der bliver sagt, fordi jeg selv vil bestemme. Mor tænkte ikke på, at jeg måske bare kedede mig under første del af træningen, hvor vi var på den lokale naturlegeplads i en skov der hedder: "Hannenovskoven". Den ligger ved en by som hedder: "Virket". Det med at klatre på bænke, smalle træstammer og gå på smalle planker er bestemt ikke noget for mig. Faktisk synes jeg at den form for leg er møg kedelig. Til gengæld elsker jeg at bruge min næse, som den ægte labrador jeg er. Jeg ved at mor ligesom mig også synes, at det er sjovere at træne hjemkald, samt gå tur med og uden snor, hvilket vi også trænede under anden del af træningen på en blød græsplæne overfor legepladsen. Senere på turen hjem viste det sig også, at mor syntes, at træningen på naturlegepladsen var kedelig. Det var i hvert fald, hvad hun fortalte onkel Keld. Hun sagde det også til far, da vi kom hjem.

Hvor er verdenen stor og spændende når man er en lille hvalp

På torsdag skal jeg til dyrlægen for anden gang. Denne gang skal jeg også stikkes. Men så går der også en rum tid, førend det er nødvendigt, at besøge ham igen. Det er jo ikke noget der rører mig, da jeg synes at det er rigtigt sjovt at komme der. Så kan jeg jo også lige blive rigtigt vejet. Jeg tror bestemt, at jeg vejer godt og vel 15 kilo nu. Mor kan i hvert fald næsten ikke løfte mig mere. Men jeg synes altså ikke at jeg ser for tyk ud. Mor må også hellere få råd og vejledning i, hvordan man klipper mine negle, og hvilken negleklipper der er bedst til det.

Skønt der er lang tid, til det der kaldes jul, så har mor og far allerede bestemt, hvad jeg skal have i julegave. Det bliver en madlabyrentskål, lige som den der er hos dyrlægen. Jeg skal have en sådan, fordi jeg så er nødt til at bruge den indvendige side af hovedet, og det der sundt for en lille hvalp, siger mor. Det er ikke lige sådan en, jeg ønsker mig - Nej - en bold eller lignende ville lige være sagen. Der må godt kunne proppes godbidder ind i den, så jeg selv skal finde ud af at få fat i dem. Jeg ønsker mig også en gummigris der siger: "onk". Det skal være sådan en som den Barkus har.

Jeg kommer nu – der var lige noget spændende

Mor siger, at jeg er blevet for hurtig til at finde de godbidder, og den mad hun smider på græsset. Da jeg selv synes, at jeg er en klog lille hvalp, er det nok derfor, at jeg hurtigt har forstået, hvad det med at søge drejer sig om. Mor tror, at hun måske har nogle små urtepotter i ler nede i kælderen, som kan bruges til søge træning, bare for at gøre det sværere for mig. Ellers vil hun købe nogle.

Noget af det jeg elsker meget, er at komme op til mor og far og blive nusset, dog forstår jeg stadig ikke helt, at de ikke bryder sig om at blive ridset af mine skarpe tænder. Når jeg bliver for ivrig med det der nappe halløj, skønt de godt ved, at det er leg fra min side, så ignorerer de mig lidt, hvilket hjælper, og så nøjes jeg med at slikke på deres fingre.

Kommer du, mor?

Mor synes at det for øjeblikket er et trist og regnfuldt vejr hernede på sydhavsøerne. Men det er faktisk ikke så koldt, stadig 17 graders varme, selvom det regner og blæser lidt. Så mor hopper i regntøjet, når vi om lidt skal ud og gå den lange eftermiddagstur. Den nyder vi rigtigt begge to, enten vi møder nogen eller ej.

Og det er jo ikke vejret det er galt med, men hvordan man klæder sig på, det sige mor og far i hvert fald. Det var vist de sidste bulletiner fra mig i denne omgang. Håber at I har det godt deroppe og at I alle trives. Vi glæder os, som sædvanligt til at høre fra jer.

Jeg skal som jeg plejer hilse fra far og mor. Knus og kram til jer alle fire

Simka.

Kære Simka, Pia og Jørn,

Tak for brevet og billederne, det er rigtig sjovt at følge med i Simkas liv, det bliver nu dejligt, når alle mælketænderne er væk, så slipper man for skrammer. Jeg kan forestille mig, at han synes, det er mere morsomt at gå spor end at kravle på planker, han var allerede, medens han var hos os, god med næsen. Det bliver dejligt, når de første vaccinationer er overstået, men en rigtig god ide er at få vist, hvordan du klipper negle, det skal jo til, jeg tror, det er de færreste hunde, der kan slide deres negle blot ved at gå tur, vores kan i hvert fald ikke.

Nu vil jeg ønske jer god træning på egen hånd, det skal nok gå fint.

Mange hilsener fra
Snowie, Chanel, Poul og Lis

Kapitel 8

Dato: 28.09.14. - En lille hilsen fra Simka

Kære Snowie, Chanel, Poul og Lis.

Der er nu gået 14 dage siden I sidst har hørt fra os hernede på Sydhavsøerne. Grunden er at mor har ligget syg det meste af sidste weekend. Det har taget det meste af ugen, inden hun igen er kommet på mærkerne. Jeg er dog ikke blevet snydt for mine daglige gåture, selvom de var lidt kortere i begyndelsen af den forgangne uge.

Mig og store Luffe

Jeg er nu blevet lidt over 4 måneder, og er lidt af en ballademager siger far og mor. Jeg gør, hvad jeg kan, for at de kan holde sig i god form. Vi kaster meget med bold, trækker i snore og i sutsko. Kan jeg komme til det, så slæber jeg alle de kæppe, som jeg finder med ind i stuen. Det er altså sjovt at drille min mor, især når hun lige har støvsuget. Støvsugeren kan jeg bestemt stadig ikke lide. Heller ikke græsslåmaskinen eller det hun kalder en kanttrimmer. Når disse grimme lyde opstår, så kravler jeg op bag min far og hygger.

Det er trist at første omgang træning er forbi. Jeg savner virkelig alle min gode legekammerater især Emma, Sally, Ditte og store Tarzan. Men heldigvis så møder jeg ofte store Luffe, Buster og Barkus når vi går eftermiddagstur. De er også sjove at lege med. Især er det sjovt med Barkus. Når han ikke gider løbe rundt mere, så står han bare helt stille, og giver mig sin forpote at nappe i.

Jeg har hørt min mor sige til far, at vi starter på min fortsatte træning igen den 18. oktober. Det er nok engang i Politihundeklubben, og vi håber begge, at alle de gamle hunde kammerater igen møder op, så vi rigtigt kan tonse rundt imellem hinanden, samt bide i hinandens ører og poter igen. Det er altså rigtigt skægt at jagte hinanden. Vi ligger skiftevis på ryggen, eller er oven på, når vi hvalpe leger med hinanden. Der bliver dog også tid til træning, for jeg ved jo godt, at det ikke er leg alt sammen.

Der er jo en masse som jeg skal lære, selvom jeg synes, at jeg er rigtig god til at sitte, dække og komme når mor kalder. Jeg er dog ikke så god til at gå i snor, for det er så kedeligt - Suk - men mor siger, at det er jeg altså nødt til at lære ordentligt, for når jeg bliver en stor hund, så må jeg ikke trække af med hende. (Det kunne ellers være sjovt)!

Så forleden hørte jeg mor sige til far, at hun ville ringe til den dame, der træner hvalpe ligesom mig, for at høre om jeg kan komme med på begynderholdet de sidste 3 gange, da det er en træning vi begge to stadig vil kunne nyde godt af.

Men vi skal lige meldes ind i retrieverklubben først. Den træning foregår, ovre ved en by der hedder Sakskøbing, siger min mor. Og det kunne altså være sjovt. Så kan jeg lære endnu flere andre hunde, som mig selv, at kende.

Her leger jeg med Barkus

Ellers tager den ene dag den anden. Mor siger, at man godt kan mærke, at det er blevet efterår. Jeg kan også mærke det. Det er blevet køligere og også mere vådt. Så når vi kommer hjem fra tur, så skal der tørres poter, mave og hale. Det kan jeg godt lide, og synes at det er hyggeligt. De sidste par dage har det været fint med sol og lidt blæst og forholdsvis høje temperaturer, siger mor.

Til sidst vil jeg bare håbe at I alle har det godt oppe i mit første hjem. Håber at min hundemors pels igen er ved at blive sådan nogenlunde, efter at mine søskende og jeg har tappet hende for pels. Og at tante Chanel er så fin, at hun kan vinde mange priser lige som min mor.

Se jeg kan stadig sitte pænt

Jeg sender lige nogen billeder bla. af mine legekammerater Barkus og Luffe.

Kærlig hilsen fra os alle 3 i Stubbekøbing.

Simka

Kære Simka, Pia og Jørn,

Mange tak for dit dejlige brev – Simka – jeg synes, det er godt du går til træning, jeg kan høre, at du er lidt fræk engang i mellem,

Du skal ikke være ked af det, for din mor er ved at få pels igen, så det varer nok ikke så længe, før hun ligner sig selv. Tante Chanel var på et skue i går, hvor hun fik excellent, og det var hun ganske tilfreds med, da den klasse, hun skulle stille i, ikke var med, så hun var oppe mod voksne hunde, så Chanels mor og far var tilfredse.
Når du bliver meldt ind i Dansk Retriever Klub, kan det jo være at du kommer på juleudstillingen i Næstved, så er din mor og tante formodentlig også dernede.

Nu må du hilse dine hundevenner, som ser rigtig søde ud, og kan du også hilse din mor og far.

Kærlig hilsen
Snowie, Chanel, Poul og Lis

-

Kapitel 9

Dato: 11 10 14 - Nok en lille hilsen fra Simka

Kære Mor Snowie, tante Chanel, Poul og Lis.

Så er der nyt hernede fra det smukke efterårspyntede Stubbekøbing.

Først vil jeg lige gratulere tante Chanel for det smukke resultat, selvom der er gået et stykke tid siden sidst. Hvor er hun dygtig, at hun kan klare sig så godt i voksenklassen. Jeg kan godt forstå at I er stolt af hende.

Jeg undersøger vandet

Mor siger, at jeg er blevet meldt ind i noget der hedder: "Retrieverklubben". Så nu kan jeg komme med til Næstved. Jeg skulle spørge fra min mor, hvornår det er, for hun er i tvivl om datoen. Hun har elles prøvet at slå det op på nettet, hvor hun synes, at hun så, at det var den 16. nov. Hun vil også gene vide, om der er en sidste tilmeldingsfrist? Mor siger, det er fordi hun skal lære mig nogle nye ting. Bla. skal jeg lære at stå på en bestemt måde, så dommeren kan se, hvor flot jeg er. Vi skal også løbe en del, siger mor. Hun håber, at hun har vejr nok til det. Ellers har hun hørt, at man kan leje en til at fremvise mig. Men hun siger, at det nok koster en halv bondegård, fordi sådan nogen, jo er noget mor kalder: "Professionelle", hvilket vistnok vil sige, at de har øvet sig meget længe. Så vi håber, at der er noget der hedder ringtræning hernede på Falster eller Sydsjælland. For hun kan ikke huske, hvordan det er, at man gør. I hvert fald skal jeg have en speciel fremvisningssnor, der nok skal være sort, så dommeren ikke lægger mærke til den, når man skal fremvises inde i ringen.

Der sker altså så meget hernede i øjeblikket, så mor har næsten ikke tid til at sidde ved PC'eren. Om mandagen går hun til noget, hun kalder: "Zumba". Det er vist noget med at danse, så vidt jeg kan forstå. Så er der alle de bestyrelsesmøder, tror jeg nok, at det hedder, som hun også skal til. Men jeg bliver aldrig snydt for mine 3 daglige gåture.

Heldigvis har jeg far, når mor ikke er hjemme. Han er også sjov at lege med, for ham må jeg godt nappe i fingrene, hvilket jeg bestemt ikke må i min mors. Når det er weekend, eller mor skal møde sent på arbejdet, så vækker jeg ham kl. 6 om morgenen. Eller også så vil jeg lege sutsko eller bold med ham midt om natten, så han ikke kan se fjernsyn - Det er han ikke så glad for. Jeg elsker, når han nusser mig, for det er så rart og hyggeligt. Det er også ham der giver mig frokost og flest godbidder. Mor giver ikke så mange, når vi er hjemme. Når mor står op enten det er kl. 6 eller 8, får jeg klap og kram som god morgen. Jeg kvitterer med et vådt kys på hendes næse. Når mor så er færdig med sine sysler går vi morgentur. Den er ikke så lang, for de fleste dage skal hun jo på arbejde. Aften/natteturen er også kort.

Jeg går tur med Nanto

Når vi går tur, så får jeg godbidder som belønning, når jeg gør de ting, som jeg skal på den rigtige måde. Jeg gør for det meste mit bedste. Men jeg kan altså have dage, hvor jeg er lidt af en lømmel med vat i ørerne. Mor tror, at det er fordi jeg skifter tænder, og nærmer mig min første trodsalder.

Mand- hvor har jeg bare været tandløs her på det sidste. Hjørnetænder og kindtænder er faldet ud på stribe. Gummerne har kløet som bar pokker, og jeg har været nødt til at have noget at tygge i, for at lindre kløen. Derfor siger mor, at man kan se, hvor vi har gået, for der ligger gennemtyggede pinde langs hele vores rute. Men sådan en pind er altså også god at tygge på. Nu er det ikke så slemt, for de nye tænder er ved at komme igen. Men det var altså ikke sjovt næsten ikke at kunne tygge sin dental stick om morgenen. Ja det tog flere timer (5 minutter).

Apropos pinde, så elsker jeg at hente ting som mor smider væk. Hun kalder det apportering, og siger, at det skal en hver labrador kunne. Jeg har også fået flere nye venner. En gul labrador der hedder Louie. Han er et par mdr. ældre end mig, men ikke meget større end mig. Ifølge mor, er det fordi han er en formel 1 hund, og de bliver ikke så store og bastante, som jeg bliver, når jeg bliver stor. Louie har en sort schæfer ven, der hedder Cody, han er også et par måneder ældre end mig, men dobbelt så høj. De er virkelig skægge at lege med, for de kan legen med at bide i ører og poter, og skiftevis ligge på ryggen og være oven på. Louie elsker at hente pinde ude i vandet, og prøver at lokke mig med ud. Og det går også fint indtil maven bliver våd, så vil jeg ikke længere, og venter pænt på, at han i fuldt firspring kommer ind med pinden, som jeg så snupper ud af munden på ham, og løber af sted med den. Det er altså en virkelig skæg leg. Mor håber, at jeg fremover selv vil hente pinde ude på det lidt dybere vand, så nu er vi begyndt at øve på det, når vi går tur. Vi startede i går. Hun var tilfreds med mine fremskridt, hvilket hun fortalte far, da vi kom hjem.

Fra næste lørdag skal vi igen starte på træning i politihunde-klubben. Det glæder jeg mig super meget til,for så bliver der igen skæg og ballade med de andre hunde. Håber at jeg møder en masse af de gamle venner.
Men jeg vil helt sikkert også møde nye vovser.

Det er for alvor blevet efterår, siger mor. For bladene er begyndt at falde. Det kan jeg godt se, og de er dejlige at putte i munden. Noget andet som også er dejligt at putte i munden, er brombær. De er altså lækre og de smager så godt. I starten var det mor der plukkede dem, og gav mig et par stykker. Men jeg så, hvordan hun gjorde, så nu kan jeg selv. Jeg nipper dem forsigtigt af med fortænderne og nyder den dejlige smag – ummmm.

I det hele taget så kan jeg vældig godt lide frugt. Æbler er så dejlige og smager også super. Der hvor vi går tur, har der været en gammel æbleplantage, og der er stadig en masse æbletræer tilbage.

Så i stedet for at kaste med pind, så kaster mor somme tider med æbler, som jeg også meget gerne henter. Det er næste lige som at lege med bold. Dog er forskellen, at jeg kan spise dem, når legen er færdig.

Cody med sin far

Nåh, men nok for nu. Det er ved at være eftermiddags gå tur tid. Jeg håber, at I alle har det godt, og at vi snart ses.
Som sædvanligt sender jeg lidt billeder af mig, så I kan se, at jeg stadig vokser. Der er også nogen af mine nye legekammerater.

Mange kærlige hilsener fra

Simka

Brombær - uhm !

Venter på Louie og pind

Kære Simka, Pia og Jørn.

Tusind tak for den rørende og dejlige mail, vi bliver så glade over at få dem. Det lyder rigtig godt, at du en meldt ind i Retriever Klubben, så kan du komme på udstilling, så du rigtig kan gøre lykke, for vi er sikre på du er aldeles smuk, det kan vi se på billederne.

Tilmelding til Næstved er ca. d. 28.10 og selve udstillingen er søndag d. 30.11. du hører til i hvalpeklasse, det er mellem 6 til 9 mdr.

Det er en meget fin ide, at gå til lidt ringtræning, og når vi ses, vil jeg også gerne vise dig lidt om, hvordan man står. HUSK lommen fuld af godbidder.

Stakkels lille mand, du må bede din far og mor om et "vovsegebis" indtil du får dine fine voksne tænder.

Du må hilse dine kammerater.

Kærlig hilsen
Din mor, tante Chanel, Poul og Lis

-

Kapitel 10

Dato: 25 10 14 - Efterår på Falster

Kære Mor Snowie, tante Chanel, Poul og Lis.

Så fik jeg igen poter på mors computer. Jeg er nu blevet 5 måneder, og har det godt. Jeg trives og vokser. Den lille hvalp I kendte, er ved at blive stor. Både hun og far synes, at det går alt for stærkt, og savner til tider den første tid sammen med mig. Men som mor siger: "Sådan er livet".

Som sædvanligt har der været drøn på hernede. Mor passer sin Zumba om mandagen. Hun har travlt på sit arbejde, fordi der er så mange mennesker, der skal købe mad. Derudover har hun haft travlt med at lave indbydelser til noget, mor kalder: "Et julearrangement i boligselskabet", og indbydelse til noget andet, som hun kalder: "Et budgetmøde". Jeg ved ikke, hvad disse ting er, kun at det er noget, som nogle mennesker af en eller anden grund gør. Det sidste er hun ikke færdig med endnu. For som hun siger, så ved hun ikke rigtigt, hvordan hun skal udforme den. Men jeg er sikker på, at hun nok skal finde ud af det.

Vi er også startet på næste omgang lydighedstræning. Det startede sidste lørdag, og der kom heldigvis en masse af de gamle træningskammerater. Mand - hvor var vi glade for at se hinanden. Så det var meget svært at hive gulvtæpperne ud af ørerne og høre efter, hvad der blev sagt. Som mor fortalte far, da vi kom hjem, så var alle os hvalpe komplet umulige. Det kan jeg ikke helt forstå, for jeg gjorde da, hvad mor bad mig om. Nåh nej - det gjorde jeg vist ikke hele tiden, nu jeg tænker nærmere efter. Den smuttede en lille smule, da vi skulle komme på plads når frikvartererne var slut. Men det var altså sjovere at tumle rundt med Sally, Ditte, Alma og Ida, fordi det var så længe siden, vi havde set hinanden. Og du kan tro vi havde det sjovt!

I dag er det gået meget bedre. Vi var ikke helt så mange, som vi plejer. F.eks. så var lille bitte Vaffer der ikke. Men der kom en ny lille brun lab på 12 uger, der hedder Thor. Han ville så gerne tumle rundt med os andre, hvilket han også fik lov til. Men hans pauser uden snor blev lidt kortere end vores. For vi er jo alle sammen meget ældre end ham. Men vi var rigtigt søde ved ham, og passede jo på, at han ikke blev overanstrengt. For vi kan jo stadig huske, hvor meget vi selv hvilede os, da vi var "små". I sidste frikvarter var jeg henne og nappe ham blidt i ørerne og slikke ham lidt på snuden og i hovedet. Det kunne han godt lide. Så jeg håber, at han næste gang vil få lov til at lege lidt mere. For det er virkelig sundt at blive socialiseret med de andre vovser, siger både vores træner og mor.

Under dagens træning, skulle vi blandt andet kravle igennem et langt kloakrør. Vores træner sendte os igennem røret til vores mennesker i den anden ende. Jeg syntes, at der var smadder sjovt, selvom der var meget mørkt derinde. Og så fandt jeg oven i købet en masse dejlig mad på vejen. De fleste af de andre syntes også, det var rigtigt skægt, bare ikke Ida. Lige meget hvor meget træneren lokkede for hende med alle mulige godbidder, "det var nogen af dem, jeg samlede op, da det var min tur", så ville hun bare ikke derind. Hun rev sig løs fra træneren og sin mor op til flere gange. Til sidst ville hun heller ikke hen til sin mor. Så jeg er sikker på at hun blev virkelig bange. Mor mener, det kan være, at hun ikke kunne lide mørket og den snævre plads. Jeg vil give mor ret i, at der ikke var meget plads, og at der var mørkt i det rør. Mørket i røret er lige som det, der er i den tunnel, vi går igennem om morgenen. Skal jeg være ærlig, så var jeg også lidt bange for den, de første par gange. Men da jeg så at mor ikke var bange, så var jeg det heller ikke. Hjemkaldet og lineføringen, som mor kalder det, gik også godt. Jeg fik en masse ros og en masse godbidder, så det kan godt betale sig at lystre.

Mor – nu er jeg altså træt efter træningen

Mor har endnu ikke fået fat i hende damen, der har med ringtræning at gøre. Selvom hun har prøvet op til flere gange. Sidst hun talte med hende, sagde damen, at mor skulle ringe tilbage i slutningen af uge 43, for så vidste hun, om hun havde fundet et sted, hvor hun kunne træne os. Damen fortalte også mor, at man skulle have et ja, fra noget der hedder kommunen, når man f.eks. ville bruge en boldbane eller en parkeringsplads. Mor siger, at lige meget hvad der sker i sagen, så skal jeg meldes til i Næstved. Så må det gå som det bedst kan. Jeg glæder mig også til at se jer alle 4 den dag. Jeg spurgte mor, hvad adressen var i Næstved, men det var hun ikke klar over, men hun regnende med, at hun fik det af vide ved tilmeldingen.

Slapper af sammen med Louie

Siden jeg skrev sidst, har jeg også fået en ny reserve hundemor, der hedder EMMA. Hun er en boksertæve, og hver gang vi mødes, så lærer hun mig en masse små hundeting, så som at gå i vandet på den rigtige måde, og hvordan man skal vise respekt for tæverne (hunhundene), man møder. Hun passer rigtigt meget på mig, og skælder ud på de andre hunde, hvis de ikke behandler mig ordentligt. Mand - hvor der meget, man skal lære som lille hvalp. Så nu hopper jeg glad og fro ud i bølgerne, når mor kaster pinde derud, bare det ikke er for langt ude. Mor siger, at det med at svømme ud og hente pinden, nok skal komme med tiden.

Min reservemor "Emma" og hendes menneskemor

Når vi går tur, især om eftermiddagen, så møder vi mange forskellige vovser, som jeg i de fleste tilfælde kan lege med. Møder vi ikke nogen så leger vi æble-legen. Det vil sige at mor kaster et æble så langt ud på græsset hun kan, og så henter jeg det. Det er altså ikke altid lige nemt, for jeg har ofte så meget knald på, at jeg glemmer at bremse, når jeg når æblet. Så ruller jeg rundt et par gange, førend jeg igen finder balancen. Det er altså sjovt, for når jeg afleverer æblet til mor, godt gennemgnasket, så får jeg en guffer, og chancen for at hente æblet nok engang. Når jeg så har gjort det 2-3 gange, så får jeg æblet og gnaske i. Sådan et æble smager hammer godt, og sommetider spiser jeg op til flere. Mor siger, at det tager den dårlige ånde.

Mor Snowie – tænk engang, nu har jeg også fået de fleste af mine tabte tænder tilbage, så nu behøver jeg ikke noget vovse gebis. Det er altså dejligt at kunne tygge ordentligt igen, og at det ikke tager flere timer at komme igennem min dentalstick. Livet har dog et lille minus i øjeblikket. Jeg har fået fuglelopper. Mor siger, at jeg har samlet dem op ude ved fuglehuset, fordi nu er det tiden, hvor lopper søger nye varme steder at spise. Det kløede rigtigt meget over det hele, og mor fangede op til flere lopper på mig. Så jeg fik noget min mor kalder en pipette i nakken, for at lopperne skulle dø, hver gang de bed mig. Men det har ikke hjulpet helt, så nu siger min mor, at jeg skal i noget hun kalder "et loppe bad". Og bagefter når jeg er tør, så skal jeg pudres. Ifølge mor skal de forskellige rum i huset også behandles for æg, for ellers hjælper det ikke en brik med loppebad og pudder. Men heldigvis irriterer de mig ikke lige så meget som i begyndelsen. Så jeg er fortrøstningsfuld.

Vejret er jo ikke noget at skrive hjem om. Det regner og blæser, men mor siger, at ud det skal vi, for sådan er efteråret her i landet. Når det regner, så må mennesker altså tage regntøj på, hvis de ikke skal blive våde. Hvad ved jeg? Jeg er ligeglad med, hvordan vejret er, for jeg har jo underuld og masser af pels der beskytter mig mod regn og blæst. På vores ture morer jeg mig med at fange blade der daler ned fra træerne, og det er også rigtigt sjovt at gå i skoven og finde kæppe, som man kan slæbe med på hele gåturen. Jo større jo bedre.

Jeg er på vej med pinden, mor !

I det hele taget er livet bare dejligt. Og det er hyggeligt, at man godt må ligge oppe i sofaen imellem mor og far. Her kan man rigtigt få sig en kæler, og forstyrre dem når der er noget, de gerne vil se i fjernsynet, hehehehe...

Sofahygge

Mor og far siger, at jeg er blevet en rigtig rod. Men det er altså sjovt at hive ting ned fra stuebordet, reolen og gnaske i ryggene fra Lademanns leksikon. Far siger, at alle de bind jeg får bidt i, nok udmønter sig i, at jeg bliver en ekstra belæst hund, hvad det end betyder. Han siger også, at det er godt, at jeg ikke er som nogen af de meget slemme og uartige hunde, han har set på Animal Planet. De havde raseret et helt hjem, hvor de havde bidt alting i stykker. Wow, hvor må de have haft det sjovt. Jeg får i hvert fald ikke lov til den slags ting. For ifølge far og mor, så er jeg en klog og harmonisk lille hvalp, der har fået en fornuftig opdragelse. Og det er jeg meget glad for.

Puha - det blev et langt brev, og som sædvanligt er det ved at være gå turtid, så jeg vil slutte for nu, med håb om at I alle 4 har det godt. Og selvfølgelig en hilsen fra de voksne.

De kærligste hilsner fra

Simka.

Kære Simka, Pia og Jørn.

Mange tak for dit dejlige brev, vi kan høre at du vokser dig stor og "fræk". Til lykke med dine tænder, det er rart, at du kan spise din mad.

Vi glæder os til at se dig i Næstved. Adressen er: Næstved hallen, Rolighedsvej 20, 4700 Næstved.

Snowie og vi andre glæder os til at se, hvor stor du er blevet, og vi tror alle heroppe, at du er en rigtig lille forkælet, DEJLIG dreng.

Nu må du også hilse onkel Keld.

Mange kærlige hilsner
Fra Snowie, Chanel, Poul og Lis

Kapitel 11

Dato: 09.11.14 - Allerede november

Kære Mor Snowie, tante Chanel, Poul og Lis.

Så er det igen blevet tid til at sende jer en hilsen fra mig. Jeg håber at I alle har det godt deroppe i mit fødehjem ved Frederiksværk. Mor fortæller mig, at det ligger imellem Roskilde Fjord og Arresøen. Hun siger også, at det ligger lige så smukt placeret, som her hvor vi bor. Grunden til at hun fortæller mig dette, er fordi, når jeg tisser, så er det, ifølge hende, hele Arresøen, der kommer.

Jeg er nu blevet 5½ måned og nyder min familie. Hver nat ligger jeg, og deler hovedpude med far. Det er rigtigt hyggeligt og rart. Jeg nyder også de dejlige gåture, og er enig med mor i, at efteråret er en meget smuk tid, med bladene der falder ned fra himmelen. Normalt ville det være koldere end det er nu, siger mor. Det ved jeg ikke noget om, men jeg ved, at det snart er slut at lege den sjove æbleleg, når vi går tur, for der er næsten ikke flere æbler tilbage på træerne eller på jorden. I hvert fald ikke flere af de gode søde og saftige, som jeg bedst kan lide. Nu er det kun madæbler, som mor kalder dem, og de er virkelig sure, føj - dem kan jeg bestemt ikke lide. De er dog stadig sjove at hente.

Se mor, jeg fandt pinden inden den sank

Jeg er blevet rigtig god til at apportere i vand, som min mor kalder det. Forleden tog jeg oven i købet et par svømmetag for at nå pinden. Jeg blev en lille smule bange, da jeg fandt ud af, at jeg ikke kunne bunde, men jeg vil jo så gerne gøre mor glad, så jeg fandt ud af bruge poterne som svømmefødder, og halen til at styre med, og så gik det fint. Så nu tør jeg godt gøre det en anden gang. Der plejer ellers ikke at være så dybt, men mor sagde, det var fordi, det var højvande, og hun gav mig en masse ros, og selvfølgelig også en godbid. Hun fortalte far det, da vi kom hjem, og de var begge to meget stolte af mig.

Jeg er stadig i fuld gang med lydighedstræningen, som mor kalder det. At gå pænt i snor, sitte og komme når der bliver kaldt, er jeg rigtig god til, men jeg er ikke så god til at dække, så længe som mor kunne ønske sig. Men jeg får altså peber i numsen, som hun kalder det, når hun går for langt væk. Jeg mister også koncentrationen med alle de andre hunde omkring mig. Men mor regner med, at det nok skal komme, for når vi går tur, så kan jeg godt. Men helt ærligt, så er jeg bedre til at sitte, når jeg selv skal sige det.

Til træningen er jeg ved at lære nogle nye færdigheder, der hedder spor og markér. Det der spor, det er jeg rigtig god til, siger både træneren og min mor. Det foregår på den måde, at imens jeg bliver holdt af en af de andre hundeforældre, lægger min mor godbidder på en lang række, derefter så får min mor mig tilbage, og jeg skal via min super næse finde dem alle. Det er altså vældig sjovt synes jeg.

Frikvarter med Ditte og Emma

Det der med at markere har jeg ikke rigtigt prøvet endnu, kun set det da det blev vist til træningen. Så jeg ved endnu ikke rigtigt om det er spændende. Men så vidt jeg har forstået, så skal min mor eller far placere et eller andet objekt som jeg godt kan lide under en af deres hænder. Så bliver der sagt "marker" og så skal jeg lægge mig ned med objektet imellem mine poter. Når jeg så har gjort det rigtigt, så vanker der enten en dejlig godbid, eller også får jeg lov til at hente det, hvis det er en bold eller mit bolsjeben.

Det med godbidden lyder rigtigt godt. Dog er det bedste ved træningen stadig frikvartererne, hvor vi kan knokle rundt og lege, også selvom vi sommetider bliver kaldt ind, lige når legen er mest sjov. Så er det lidt svært, at høre efter, men når jeg endelig kommer, så vanker der altid en godbid.
Det gode ved det er, at det ikke altid betyder, at jeg skal i snor. Ofte så får jeg lov til at smutte igen og lege videre.

Mand, sidste uge skete der noget slemt hjemme på vejen. Min smukke spidshundeveninde Luka, blev bidt meget slemt, af de 2 rottweiler lignende hunde, der bor skråt overfor os. Jeg så det heldigvis ikke, hørte kun nogen forfærdelige hyl. Stakkels hende, hun fik lagt 8 dræn.
Hendes menneskemor blev også bidt, da hun forsøgte at redde hende. Heldigvis så kunne Luka komme ud af halsbåndet og løbe hjem, ellers havde hun været død, siger mor. Selvfølgelig blev det straks meldt til politiet.
Mor takker de højere magter for, at det ikke var mig det gik ud over. Hun var glad for, at vi heldigvis var kommet helskindet hjem efter vores gåtur. Ifølge mor, så bør en hundeejer til en hver tid

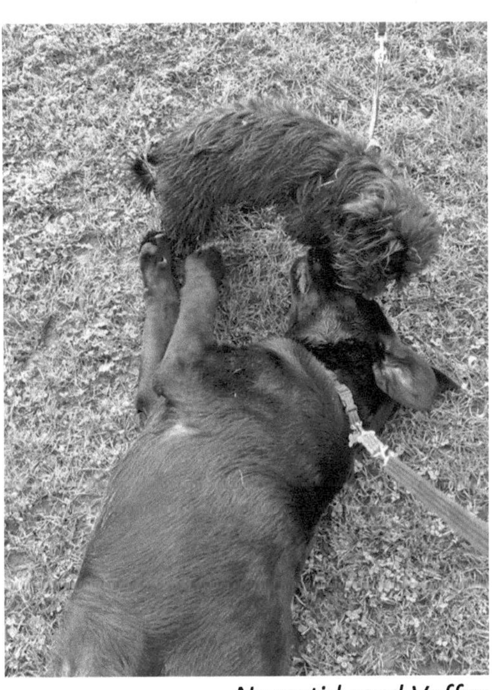

Nussetid med Vaffer

have styr på sine hunde, og at haven skal ifølge boligselskabets regler være hundesikret. Især når det er hunde, som bliver holdt låst inde i en kælder det meste af tiden, hvilket i mors øjne er dyremishandling. Efter hendes mening er det helt klart, hvorfor de er blevet så usociale. De har jo ikke lært at omgås andre hunde. Hun siger også, at damen der ejer hundene, ikke er helt lige som de fleste mennesker, og at der har været problemer imellem hende og hendes naboer, siden den første dag hun flyttede ind. I hvert fald er begge hunde nu blevet fjernet af politiet. Mor synes, det er synd for hundene, at de har haft en sådan ejer. Vi håber alle sammen, at hun aldrig nogen sinde får lov til at holde hunde igen. Mor har fortalt mig, at min hundeveninde er ved at blive rask igen, og har fået fjernet drænene (Et dræn er et eller andet stykke tøj, der bliver puttet ind i sårene, så vidt jeg ved). Selv efter den grimme oplevelse er Luka stadig ikke bange for andre hunde. Hun vil dog under ingen omstændigheder gå forbi den have. Så nu møder jeg hende ikke så tit, for de går en anden morgentur.

Jeg glæder mig til at se jer alle I Næstved den 30. Mor har meldt mig til, også selvom hun stadig ikke har fået fat i hende damen med ringtræning. Men mor er fortrøstningsfuld, og siger, at når vi tager tidligt hjemme fra, så kan vi nå at være med til ringtræning for hvalpe. Den starter kl. 8.15 har hun læst i programmet. Det eneste der nager hende lidt er, at hun ikke ved, om hun har luft nok til at løbe rundt med mig. Det håber jeg hun har, for jeg vil jo gerne gøre en god figur, så jeg kan gøre jer alle sammen stolte af mig. Når vi går tur om aftenen, så løber vi en smule når det går hjemad, efter at jeg har gjort, det jeg skal. Men jeg må indrømme, at mor hiver en lille smule efter vejret, når vi kommer hjem. Det er fordi hun har en smule astma, og derfor taber vejret. Mor siger, at du, mor Lis, nok skal vise mig, hvordan jeg skal stå.

Nåh, men nu er det tid til nok en dejlig gåtur inden det bliver mørkt. Så jeg vil slutte for nu.

Mange kærlige hilsener til jer alle. Jeg skulle hilse fra mor og far.

Simka.

Kære Simka, Pia og Jørn,

Mange tak for din dejlige mail, det er en stor fornøjelse at læse dine mail DU SKRIVER MEGET MORSOMT, vi griner meget, når vi læser dem.

Vi må sige, at du er en hanhund med respekt for sig selv med den tissetår, hold da op. Vi glæder os over, at du har det så godt, og bliver forkælet, det er nok fordi, du er en rigtig dejlig dreng. Jeg kan godt forstå, du er ked af, at én af dine hundevenner er kommet så galt af sted, men vi må sige, at det var godt, det ikke var dig, det gik ud over (vi ved godt, det er enøjet at sige det).

Vi glæder os også til at se dig i Næstved, og mor Lis skal nok vise din mor, hvordan du skal stå, og det er godt, du kommer, og er med til ringtræning.

Kærlig hilsen
Snowie, Chanel, Poul og Lis

Kapitel 12

Dato: 29.11.14 – D-dag minus 1

Kære alle 4

Jeg fik lige en pote på mors mobil. Jeg ved at vi alle 3 glæder os til at se jer i morgen til udstillingen. Mor siger at vi vil være der kl. ca. 8.00.

Undskyld at jeg ikke har haft tid til at skrive. Men mor har haft så travlt, og har ikke haft tid til at åbne sin PC. Mere om det i morgen.

Knus og kram til jer alle 4, fra os oppe i Stubbekøbing.

Simka.

Kapitel 13

Dato: 30.11.14. – D-dag

Kære Simka, Pia og Jørn,

Tak for en hyggelig dag, jeg håber ikke, at Jørn er alt for skuffet over resultat, jeg synes stadigvæk, at han ser rigtig godt ud.

Jeg glæder mig til at se ham på udstillinger fremover.

Kærlig hilsen
Snowie, Chanel, Poul og Lis

Kapitel 14

Dato: 1.12.14. -

Kære Alle 4

Selv tak. Vi syntes også at det var hyggeligt at være sammen med jer. Desværre blev billederne fra udstillingen ikke særligt gode, siger mor. Så dem må I - mine kære læsere - undvære.

Nej – far var ikke skuffet over min placering. Han gav dommeren ret i, at jeg var lidt for tyk. Men han syntes også det var mærkeligt, at dommeren ikke tillod godbidder, for som du også sagde, så er jeg jo kun en lille hvalp.

Mor syntes mest, det var hendes skyld, fordi hun var for dårlig til at vise mig frem. Så mor og jeg har aftalt, at vi vil gå i hård træning til foråret. Vi var dog enige om, at det var en dejlig dag.

Mand hvor var jeg træt! Jeg var lige kommet ind i bilen, og havde fundet nogen glemte godbidder fra frokostluren. Så knaldede jeg brikker, lige til vi kom hjem. Mor var også træt kunne jeg mærke. Men hvis ikke onkel Keld havde snakket som et vandfald under hjemturen, ville hun også have sovet, fortalte hun far, da vi kom hjem.

Nåh – men for at gøre en lang historie kort. Så gik vi begge i seng ved 10 tiden.

Jeg slutter for nu.
Jeg skal have aftensmad, mums!
Jeg skriver snart til jer igen.

Kærlig hilsen fra os alle 3 og onkel Keld

Simka

Mor Lis:

Kære Simka.

Det samme her. Du og din mor skal nok blive gode.

Kh os

Kapitel 15

Dat: 3.12.14. - december

Kære Mor Snowie, tante Chanel, Poul og Lis.

Tusind tak for en dejlig weekend. Hvor var det dejligt at møde jer igen. Jeg er rigtig glad for, at mor Snowie kunne huske mig. Denne her lille frække knægt vokser jo hurtigt. Måske hende dommeren havde ret. Jeg er måske en smule for kraftig, men det kan vi da heldigvis råde bod på, mener mor, ved at skære i godbidder. Far var ikke skuffet. Han synes at jeg klarede mig ok. Han synes også, at vi skal gå til ringtræning. Så mor takker mange gange for oplysningerne om ringtræning. Hun synes ikke, at det er for langt væk. Ifølge mor, så vi ringer efter jul, og så skal vi nok nå at komme i træning til forårsskuet.

Mors smukke køkkenvindue

Mor kan slet ikke fatte, at det allerede er blevet december. Hun er begyndt at pynte op, hvilket på hendes sprog betyder, at der er kommet julegardiner op i køkkenet. Fars juletræ inde i stuen står og stråler med sine mangefarvede lys. Ja jeg kan jo ikke se alle de farver, som mor og far snakker om, fordi det ikke passer til mit hundesyn. Derudover har mor lavet noget mennesker kalder: "Adventskrans og en juledekoration med kalenderlys i". Hun har fortalt mig, at hun kun lige er begyndt med alt det der oppyntning til jul. Jeg er spændt på, hvad det betyder, sikkert ikke noget spiseligt. Hun fortæller mig også, at hun snart skal i gang med at bage småkager, og koge klejner. Det lyder bestemt som noget man kan spise, så det kan jeg kun glæde mig til. I min verden er alt, hvad der kan spises jo rart.

Om morgenen, når vi skal gå tur, har jeg lagt mærke til, at der rundt omkring er masser af julelys, som mor kalder dem. Mor har en smuk hængepil med lys på udenfor på trappen, og på gelænderet har hun hængt et lysnet. Jeg synes, det ser fint ud, men det var endnu bedre, hvis det der lys, var noget der kunne spises, lige som de små godbidder, der falder af på turen.

Det er for det meste mørkt om morgenen når vi går, og det når også ofte at blive tusmørke, når vi går eftermiddagstur, førend vi er hjemme. De sidste par dage har vi ikke mødt nogen som helst af hundevennerne på vores eftermiddagstur. Ret så kedeligt, synes jeg. Og vi har heller ikke set noget rådyr, ligesom det der sprang over stien i sidste uge. Mand - hvor blev jeg forskrækket, da det kom over stien i fuldt firspring. Godt at mor stoppede mig med kommandoen sit, ellers var jeg helt sikkert løbet efter det, for jeg troede, at det var en meget, meget stor hund. Mor har dog forklaret mig, at det er noget, som man kalder vildt, og som jeg måske en dag, får lov til at prøve at apportere, når en eller anden person, har skudt det. Mor kalder en sådan person for: "En Jæger". Mor tror, at jeg nok til foråret, også skal få lært at apportere, for hun har stadig en drøm om, at jeg skal klare en jagtprøve. Nu får vi se, hvordan det går.

Ellers går det stille og roligt hernede. Mor siger, at hun her i den søde juletid har ekstra travlt på arbejdet, fordi alle mennesker har travlt med at handle ind til jul. Desuden har menneskerne også travlt med at købe julegaver, som man skal have juleaften, siger hun. Jeg får vist også en, det siger mor i hvert fald. Jeg ved egentlig ikke hvad julegaver er. Mon det også er noget, der kan spises? For så er det helt i top. Men det lyder nu ikke helt som om, det er noget der kan spises. Ja, jeg ved godt, at jeg ER glad for mad.

Jeg håber, at I alle har det godt deroppe, og at mor Snowies ben igen er ved at blive fint. Det var da grimt med et sådan sår, der oven i købet kostede et besøg, hos ham der dyrlægen, for at få det renset. AV for søren. Hvordan har tante Chanels halte ben det? Gør det meget ondt på hende, når hun går? Mor siger, at det kan være meget smertefuldt. UFF – siger jeg bare, og håber af hele mit hjerte, at hun snart får det bedre.

Nåh men mor siger, at det er på tide at gå i gang med maden. Vi skal have pengasius fisk i aften, med rejer og hollandaise sovs til. Ifølge mor, må jeg ikke få noget af sovsen, for det har min lille mave ikke godt af.

Jeg skulle også hilse fra mor, far og onkel Keld. Mange kærlige hilsner fra

Simka

Kære Simka, Pia og Jørn,

Igen siger vi tak for de dejlige breve, som du sender – Simka. Jeg må sige, at du er god til at diktere til din mor.

Vi synes også, det var en dejlig søndag, og tante Chanel halter ikke, så jeg har jo nok drejet lidt for hurtigt, så hun har trådt forkert, surt show. Det går også meget bedre med mor Snowie – sikke en redelighed med de ben.

Jeg kan godt forstå, at du glæder dig til jul, det kan være, du kan lugte dig frem til din julegave. Det lyder rigtig hyggeligt, som din mor pynter op, det har min mor også gjort, hun siger, at både min far og mor elsker julen.

Nu må du have en rigtig hyggelig december måned og hilse dine venner også mange hilsener din onkel Keld.

Kærlig hilsen

Fra mor Snowie, tante Chanel, Poul og Lis

<u>Kapitel 16</u>

Grøn december

Dato: 14.12.14 - Julekort

Kære Mor Snowie, tante Chanel, Lis og Poul.

Så er det tid til at skrive noget, mor kalder: "Julekort". Hun har forklaret mig, at det er noget mennesker hvert år, sender til hinanden. Så derfor synes jeg, at jeg hellere måtte se at få mit kort til jer fra hånden. Juleverset har min mor forfattet. Hun fortalte mig, at det er noget hun gør hvert år. Jeg forstår ikke rigtigt, hvad et "julevers" er, men mor siger, at det gør I.

Mand hvor er december en spændende måned. Vores lille hjem er pyntet op med dekorationer, lys og julepynt, både inde og ude. Mor går, og synger noget, hun kalder; "julesange", når hun pynter op og bager. Hun kan en masse "uden ad", som hun kalder det. Det må være lige, som når jeg skal huske at sitte, dække og gå pænt. Når hun sidder ved computeren, så spiller hun også noget, mennesker kalder: "Julemusik". Det er så hyggeligt, og hvor findes der dog mange forskellige.

Juleaften får jeg nogen af de der, som mor kalder; "Julegaver", hvilket er, at man ønsker sig et eller andet. Det kan f.eks. være en bold eller et dejligt stort saftigt ben ummm. Man har da lov at drømme, ikke? Julegaverne er købt, siger hun.

I øjeblikket har hun travlt med at bage småkager. Det er i hvert fald noget, der kan spises. I går lagde hun dej til noget, der hedder; "jødekager, brunekager og klejner". Hun lavede også noget, som hun kalder: "Havregrynskugler", men de er ikke færdige, førend hun har lavet små runde bolde, som hun ruller i noget, der kaldes: "Kokos". Men dem må jeg ikke få, siger hun, for de er farlige at spise for mig, fordi der er meget af, noget hun kalder: "Kakaopulver", i. I dag har hun så kogt de der klejner, som hun først lavede til sådan en skæg krøllet form, hvorefter hun kom dem ned i noget, hun siger, hedder: "Kogende palmin". Mand, hvor smager de der klejner godt. Jeg har fået hele tre. Men mor siger, at jeg ikke må få for mange af dem, for de feder.

Ellers er der ikke så meget at fortælle. Den ene dag tager den anden. Vi går vores daglige ture, og møder af og til legekammeraterne. Men det er ikke så tit. Det er jo ved at blive mørkt, når vi skal af sted, eller er på vej hjem. Nogen gange støder vi på de der rådyr i tusmørket. De kommer nede fra åen. Fordi jeg ikke må for mor, så løber jeg altså ikke efter dem. Det er blevet koldt at gå tur, men som mor siger, at det er godt, at jeg har mit tykke underuld og min varme pels, så jeg ikke skal have jakke på, ligesom nogen af de andre hunde har, når vi møder dem på vores ture.

Jeg vil slutte for nu. Vi skal spise, jubiiii. Jeg håber, at I alle har det godt deroppe ved Arresøen. Og at mor Snowies ben er helt lægt.

Her til slut vil jeg bare ønske jer alle en glædelig jul og et godt og lykkeligt nytår.

Knus og kram fra

Simka.

Mors juledigt:
Julen 2014

Så det atter december jo ble'. I år tror jeg ikke på julesne.
Dog kulde og sne ville være det bedste, ellers må julemanden bruge heste.
For hestevognen og nissefar, med børnenes gaver i sækken er klar.

Hør - det regner og blæser derude. I det fjerne hører man en ugle tude.
Herinde i stuen er der dejligt og rart, og julelysene brænder så klart.
Og i sofaen tager hunden en lur, inden den næste luftetur.

Der lugter af gran og af julekager, ja også dejligt af søde sager.
Det dufter af jul i hele huset. Og nogen går der ude i gruset.
Måske er det naboens lille kat, der lister hjem i den stille nat.

Snart vil juleaften oprinde, og dette år vil også udrinde.
Se den smukke julestjerne, der tindrer og stråler langt væk i det fjerne.
Vi håber en glædelig jul alle får, samt et dejligt og godt nytår.

Kærlig hilsen fra os alle 3 og onkel Keld

Kapitel 17

Jeg har også oplevet det man kalder sne

Dato: 1.1.15 – Nytår 2014/2015

Kære Mor Snowie, tante Chanel, Poul og Lis.

Så er vi ifølge min mor trådt ind i året 2015. Hun siger, at det forgangne år er gået hurtigt. Især tiden fra jeg kom ind i familien. Hun kan slet ikke fatte, at jeg er blevet 7 måneder gammel. Men det er jeg jo.

Jeg synes, at december virkelig har været en spændende måned, især de sidste 14 dage. Mand, hvor havde mor travlt den sidste uge op til jul. Der skulle bages, steges og braises. Derudover skulle hun pakke gaver ind. De sidste nisser skulle på plads, og så var det pludselig juleaften.

Det var en ekstra speciel dag, for mor holdt fri fra arbejdet. Vi gik en meget lang og dejlig formiddags tur. Da vi kom hjem, gik mor i gang med at lave mad, imens far og jeg fik en lille lur. Da jeg vågnede igen, kunne jeg lugte al muligt dejligt. And – uhmmm - og noget mor kaldte brunede kartofler (som jeg ikke måtte få nogen af, for det ville ikke være godt for min mave), og en dejlig sovs, (som jeg heller ikke måtte få, fordi den også var for fed til min mave, ØV). Da vi havde spist, (jeg fik noget dejligt andeskind, hjerte, lever og kro - ummmm), så vaskede mor lige op, og så fik vi gaver. Far fik en saltkværn og en dejlig trøje. Mor fik en dejlig scanpan kniv som hun havde ønsket sig. En ny skærm til sin PC, da den gamle var gået i stykker, og et flot piletræ med lys, som hun allerede havde fået den 1. dec. Jeg fik et gavekort på den nye spiseskål, som mor kalder en labyrint. Til den, mener hun, at jeg skal bruge hovedet, for så regner hun med, at jeg ikke får slugt maden så hurtigt, når jeg skal spise. Hmm - vi får se! Jeg fik også et transportabelt bur, der skal bruges, når vi skal på udstilling. Jeg har ikke været inde i det endnu, men mor siger, at når hun slår det op, så vil hun smide nogle godbidder ind i det.Så skal jeg nok finde ind i det. Det er både sikkert og vist. Desværre fik jeg ingen gris, og heller ikke nogen ny bold.

Inden jul havde far også fødselsdag. Han blev 60 år. Det skal vi først fejre til sommer med 1 stort grill party, har mor fortalt mig. Grillparty – hmmm – nok noget med mad, tror jeg, Det må det være? I fødselsdagsgave fik far foruden noget tøj og en peberkværn, også den Othello lagkage han havde bestilt. Det tog mor 3 dage at lave den. Men den var rigtig flot, og den smagte dejligt, sagde far. Jeg fik en lille bid af den, hvor der ikke var noget chokolade. Mums.

Og i går var det så nytårs aften. Igen fik vi god mad, og onkel Keld var der også. Ham havde vi også til julefrokost 2. juledag. Det var en hyggelig aften, og mor var spændt på, hvordan jeg ville takle alt nytårs skyderiet. Hun var glad for, at det ikke generede mig en bønne. Helt ærligt - så er det der nytårs skyderi noget opreklameret fis. Men mor siger, at der er en del hunde, der slet ikke har det godt med dét. Det er synd for dem, synes jeg. Den eneste høje lyd jeg ikke bryder mig om, det er traktorer der kører forbi i fuld fart. Det lyder meget, meget højt i mine ører, og så kan jeg godt blive lidt forskrækket.

Som sagt er jeg blevet 7 måneder og er i gang med min første trodsalder, som mor og far kalder det. Det er altså sjovt at se, hvor langt jeg kan drive mine forældre, førend jeg får ballade. Og ballade det har jeg fået her i julen. Mor siger, at jeg er en "rod", og far kalder mig, "en ballademager".

Jeg kom til at massakrere 3 af nisserne, der stod i vindueskarmen. Tro mig - den julemorgen var jeg ikke i kridthuset hos mor, da hun kom ned, og så det. Men som hun sagde til far, så kunne hun jo ikke skælde mig ud, når nu hun ikke, havde taget mig på fast gerning. Jeg må indrømme, at det har jeg benyttet mig en del af. Der er blevet bidt en del servietter og andre ting i stykker, for jeg er jo blevet så høj, at jeg kan nå op på køkkenbordet, når jeg står på bagbenene. I går blev jeg taget i det for første gang.

Mand - blev mor vred. Hun hev mig i halsskindet hele vejen ind i stuen, imens hun med meget vred stemme, sagde **FY** og **FØJ**. Derefter blev jeg beordret til, at blive liggende på mit tæppe. Mor Snowie, jeg ved godt, at jeg havde fortjent skideballen, men jeg kunne altså ikke lade være, for der lå en masse dejlige ting på køkkenbordet, som mor havde haft med hjem fra byen. Inden da havde jeg også fået skæld ud af far, fordi jeg var løbet med æsken med tarteletter. Ikke så smart - vel? Men det var ikke alt - senere var jeg igen på køkkenbordet, og fat i resten af oksemørbraden - jeg ved det godt - det var selvfølgelig noget møg at gøre, men jeg kunne altså ikke dy mig, den duftede jo så godt, at mine tænder løb i vand. Jeg nåede kun en lille bid, førend det blev opdaget. Både far og mor var tosset på mig, og jeg fik læst og påskrevet nok engang. Mor var dog glad for, at det meste af den, kunne reddes, fordi vi skal have resten i aften. Så nu er jeg forment adgang til køkkenet. Det vil sige at mor har spærret af ud til køkkenet - surt show!

Jeg har også oplevet det, som man kalder sne. Mand - hvor var det sjovt at fræse rundt i sneen og finde alle mulige dufte og træpinde. Mor siger, at jeg dyrker bodybuilding, med alle de træstykker jeg slæber rundt med. Ifølge hende, er det derfor, at min hals er så stærk.

Nåh men nu er et nyt år startet, og i dag har vi gået nogle lange ture. Jeg har nydt, at mor har været hjemme hele dagen. Ikke fordi jeg ikke nyder det sammen med far, men det er nu engang mor, der sørger for luftningen og legen. Uden hende ville det blive for kedeligt, og jeg ville sikkert lave mange flere utyskestreger. Mor er begyndt at kalde mig, sit "store madøre og en bøllespire" - tja kært barn har mange navne!

Jeg håber, at I alle har det godt, og at I er kommet godt ind i det nye år. Jeg glæder mig til at se jer igen, når vi skal på udstillinger til foråret. Mor har lovet mig, at vi skal i gang med ringtræning her i januar, så vi kan blive dygtige til at fremvise mig for dommerne.

Kan I nu alle fire have det godt, til jeg igen får poterne på mors PC.

Skulle selvfølgelig hilse fra mor, far og onkel Keld, og ønske jer et godt Nytår.

Mange kærlige hilsner fra

Simka

Kære Simka, Pia og Jørn,

Mange tak for nytårshilsenen, Simka.

Du ved, at vi bliver så glade for "dine" breve, som vi ved, at din mor hjælper dig med.

Det er godt, at du har holdt dig diverse madvarer, som du ikke kan tåle, men mor Snowie siger, at du ikke må hoppe op og tage noget fra bordet, hverken i køkkenet eller i stuen, så hun siger, at din far og mor gerne må skælde dig ud, når de lige se det. Hvor er det flovt af dig, at tage af oksestegen – fy – fy.

Det er godt at høre, at du ikke er bange for brag og knald, men det skulle du jo helst ikke være. Og det lyder fint, at du skal begynde på ringtræning, så skal du nok blive rigtig dygtig.

Rigtig godt nytår til dig og din far og mor, husk at ønske onkel Keld godt nytår.

Kærlig hilsen
Snowie, Chanel, Poul og Lis

<h1 style="text-align:center"><u>Kapitel 18</u></h1>

Dato: 18.01.15 – Midt Januar 2015

Kære Mor Snowie, tante Chanel, Poul og Lis.

Så er der igen lidt sladder fra sydhavsøerne. Det er jo ikke fordi, der sker så meget hernede, men det er så hyggeligt at skrive til jer. Og jeg sætter altid pris på jeres små kommentarer, også når mor Snowie giver mig en reprimande. Og ja jeg skal nok prøve på at lade være med at tage noget fra bordene. I køkkenet er det ikke noget problem, da jeg kun må være der, når mor er der. Og jeg må kun være i den lille gang, der fører ind til det. Men der er stadig frit udsyn, så jeg kan se, hvad mor hun laver. Det er altid lidt spændende, for det kunne jo være, at det var noget spiseligt til mig. Og dog, det er der som regel kun morgen og aften. Mor er meget striks med, hvad jeg spiser, for hun vil ikke have, at hendes "lille madøre" bliver for tyk.

Det er blevet hverdag igen oven på jul og nytår, og vi er tilbage i den gængse ramme med gåture. Mor har ikke fået ringet til hende damen i med ringtræning endnu. De sidste par uger har hun været lidt træt. Hun siger at det er efterveerne oven på jule/nytårstravlheden. Jeg forstår ikke rigtigt, hvad hun mener, men hun siger, at sådan er det for folk der arbejder i supermarkeder og forretninger. Jul og Påske er de travleste arbejdsdage på hele året.

Det har ellers, efter mors mening, været nogle sure dage her i begyndelsen af det nye år. Hun kan bestemt ikke lide regn, rusk og blæst. Ifølge hende er det fordi, at både hun og jeg bliver våde og beskidte, og fordi hun er nødt til, at bruge et badehåndklæde pr. gang til at tørre mig med. Så det kan hun nok have ret i. For de dage hvor det piskede ned med regn, da skulle jeg tørres grundigt, og mor skulle have tørt tøj på, fordi regnen gik lige igennem hendes regntøj. Den ene dag nåede jeg, drivende våd, at smutte ind til far og op på min plads i sofaen. Det blev jeg bestemt ikke populær på hos ham, da jeg lige skulle kysse ham, for hans hovedpude blev vist også ret så våd. Men det er altså sjovt at drille, og jeg er jo lige i den alder, hvor jeg prøver at se, hvor langt jeg kan gå.

Henter pind til mor

Lørdag og søndag har været dejlige. Det har været tørt og koldt. Mor og jeg har gået nogle rigtige lange ture. Jeg har ikke mødt så mange af vennerne, men til gengæld har jeg leget meget med pind. Det vil sige, hentet de pinde, som mor har smidt ud i vandet. Hun kaster en pind ud, siger så: "Apport", og jeg henter den, så hurtigt jeg kan. Dog bryder jeg mig ikke så meget om, at skulle svømme efter dem, da jeg bedst kan lide at have alle fire poter plantet solidt på bunden. Når hun beordrer mig til det, så gør jeg det, også fordi jeg ved, at hun bliver meget glad, og så vanker der også en dejlig godbid, når jeg afleverer pinden. Jeg får også slæbt en masse grene rundt på vores tur, og mor siger, at man kan se, hvilken tur vi har gået, på grund af alle de grene der ligger. Jeg får også set en masse på vores ture. I går skræmte vi et rådyr op. Hold da op mand, hvor kunne det løbe stærkt. Selvom jeg prøvede, så tror jeg ikke, at jeg kunne fange det. Mor synes bestemt ikke, jeg skal lære at fange de vilde dyr, da det ikke er god opførsel af en labrador. Jeg skal pænt sidde ved siden af og vente, til det er skudt, og først derefter skal jeg hente det. Hun siger, at det med at jeg slæber rundt på alle de store og tunge grene, giver mig den styrke der skal til i mine nakkemuskler, for at jeg kan bære eller slæbe et stor stykke vildt tilbage, til den der har skudt det. Jeg kan ellers godt lide at løbe stærkt ud over græsset, især når der sidder en eller anden fugl derude, men når jeg når derhen, så er den altid fløjet, og det er jeg lidt ked af, det kunne ellers være sjovt at lege med dem, eller at løbe rundt med dem i munden.

I går da mor kom hjem fra byen, havde hun et helt nyt knude tov med hjem til mig. Det gamle er nemlig slidt totalt op, for mor og jeg trækker tit tov. Mor og far synes, at jeg er blevet rigtig stærk, så de har svært ved at holde fast i tovet. Selv synes jeg, at det er sjovest at lege med mor, når hun har sat sig ned for at se TV. Hun synes vist nok ikke altid, at det er lige der, vi skal lege. Men hun overgiver sig for det meste. Hvis hun virkelig ikke vil, så ignorerer hun mig, og så må jeg lege med mig selv. Det kan jeg altså også godt finde ud af. Men det er nu sjovere, når mine forældre gider trille bolden ned i den anden ende af stuen, eller trække tov med mig.

De dage hvor mor går på arbejdet, starter dagen med en lille gåtur, så jeg kan gøre, det jeg skal. Når mor så er taget af sted, så går jeg ind til far, og lægger mig på min plads i sofaen og snorksover, indtil far skal have frokost, for jeg ved at der også er en lille bid til mig. Når mor så kommer hjem, så går vi en lang tur, inden mor skal lave mad. Umm - så får jeg min aftensmad, som mor spreder ud på gulvet, for så tager det meget længere tid at spise, og jeg forsluger mig ikke, siger mor. Efter mad er det legetid, og inden mor går i seng, tager vi et lille sving, så jeg får gjort mig klar til natten, og så er den dag gået. Mor synes, at tiden flyver af sted. Mor og far kan slet ikke forstå, at jeg allerede snart er 8 måneder. De siger tit til hinanden: "Hvor er vores lille nuser hvalp blevet af"? Jeg forstår ikke rigtigt, hvad de mener, for jeg står jo lige her, i en større og tungere udgave, og jeg er da stadig nuser, hvis jeg selv skal sige det. Det synes de egentlig også, skønt mor siger, at jeg er en rigtig bøllespire, der alt for hurtigt bliver stor.

Mor spørger om I kom godt igennem stormen, for den var vist værre oppe hos jer, end den var hernede? Jeg håber, at mor Snowie og tante Chanel er raske og at I også har det godt? Jeg skulle hilse mange gange fra mor, far og onkel Keld. Som sædvanlig indsætter jeg lige lidt billeder til albummet.

Mange kærlige hilsener og knus

Simka.

Kære Simka, Pia og Jørn,

Vi siger igen tak for det dejlige brev, Når jeg fortæller Mor Snowie og tante Chanel om det, så bliver Snowie rigtig glad, men hun ruller med øjnene, når hun hører, at du er en bøllespire, men tante Chanel griner, for det kan hun godt selv huske, og hun siger at Snowie er ved at blive gammel, når hun ikke kan huske, at hun også har været ung og frimodig engang.

Jeg kan godt forstå, at der skal bruges håndklæder til at tørre dig, når du både bliver våd, når du både sopper og det regner, men du har vældig godt af det, du skal nok lære at blive tryk og fortrolig med svømningen, men du kan nu godt lige tørre fødderne af, inden du løber ind og giver din far et kys.
Heldigvis skete der ikke noget da stormen kom til os, men de voksne kan ikke lide det, da det rykker noget i de høje træer.

Nu får du en knuser pr. mail fra os alle, også hilsen til din mor og far og onkel Keld.

Mange kærlige hilsener
Mor Snowie, tante Chanel, Poul og Lis

Kapitel 19

Februar-stemning

Dato: 14.02.15. - Allerede februar

Kære Mor Snowie, tante Chanel, Poul og Lis.

Så er det atter tid til lidt sladder hernede fra Sydhavsøerne. Her går det fint. Vi er stadig ikke begyndt på det der ringtræning. Mor siger, at hun ringer til hende damen i Nørre Alslev i morgen. For det er jo 2 timer af gangen, så vidt hun har forstået. Så vi skal nok nå at få styr på det, og blive klar til de kommende skuer og udstillinger. Hun synes, det ville være dejligt, hvis I lige ville sende os en mail, når I skal af sted. Så får vi en chance, for at se jer, og det glæder vi os altid til. Det er jo også rart for mig, at hilse på min hundemor og min hundetante. Selvfølgelig er det også dejligt, at blive nusset af mine 2 opdrættermennesker. Knus og kram er jo altid skønt.

Nåh men lad os se på, hvad der er sket siden sidst. Jeg har fundet ud af, at jeg nu godt kan lide den der maskine, som mor kalder: "En støvsuger". Så når hun nu tager den frem, og skal støvsuge, så bliver jeg lige støvsuget som det første. Det kilder lidt, men det er så dejligt at slippe af med alle de løse hår, der virkelig klør når jeg fælder. Hvilket jeg gør lige for øjeblikket. Det er altså svært at finde ud af om det er varmt eller koldt. Mor synes, at det er en mærkelig mild vinter. Hun siger, at ifølge dem som fortæller om vejret, så har vi ikke haft så mild en vinter i mange år.

Mor og jeg er ganske enige om, at vi ikke bryder os om alt det nedbør, der falder i form af regn. Det er meget sjovere når det sner, og når det er rigtigt frostvejr, som det var i starten af februar. Mand - hvor var det altså sjovt at knokle rundt, og bore hovedet ned i de dejlige snedriver, og finde en masse spændende dufte. Jeg har fundet ud af, at alle dufte er meget stærkere når det er dét, mor kalder; "frostvejr".

Derfor nød vi også vores dejlige gåture mere, så længe sneen var der. Ikke fordi det ikke er dejligt at gå i øjeblikket, men sne er altså noget særligt, synes jeg. Så jeg håber, at der falder noget mere, inden vinteren er forbi. Det har også været meget blæsende, men heldigvis tørt det meste af tiden. De sidste par dage har det været rigtigt dejligt at gå tur. Det har været næsten vindstille med lidt solskin hist og her, når den havde mulighed for at bryde igennem skyerne.

I dag har vi gået en rigtig lang tur på et par timer. Det er altså skønt, og vi mødte også et par andre hunde drenge, som jeg kunne lege med. Så der blev både trukket pind og knoklet rundt på græsplænen, der hvor vi går tur. Jeg var også i vandet og hente pinde ind til min mor. Hun kaster pinden ud i vandet, og jeg skynder mig ud for at hente den. Selv om vandet er en smule koldt, så er det altså skønt og plaske rundt i det. Så jeg henter gerne pindene ind til mor, for der følger nogle ekstra godbidder med, og det er jo ikke at foragte. Når jeg har hentet pinde ind, så er min pels jo lidt våd, så skal jeg lige ryste mig. Mor siger, at jeg skal gå lidt væk, for det er jo, kaskader af vand der kommer, og en ganske ubehagelig måde, for et menneske at blive våd på. Nu da jeg er ovre min første trods alder, som mor kalder det, gør jeg det meget gerne på hendes måde. Da vi kom hjem, var jeg stadig lidt våd. Så blev jeg lige gennemnulret med mit badehåndklæde. Jeg hygger mig rigtigt, når mor tørrer mig. Det er altså bare så dejligt.

Af og til møder jeg mine legekammerater. Louie og Cody mødte jeg 2 gange i den forgangne uge. Mand - hvor var det altså sjovt, at drøne rundt med dem. Den første gang vi mødtes, var altså ikke så sjovt, for Cody gøede en masse, og var lidt jaloux over, at Louie og jeg legede pind med hinanden. Cody, som jo ikke kendte mig, var lidt streng ved mig, og ville gerne slås lidt. Det gider jeg altså ikke beskæftige mig med, så jeg lagde mig bare på ryggen. Det forstod han, så derefter gik det meget godt. Jeg tror altså, han er det mor kalder: "en bøsse", for han vil hele tiden slikke og kysse mig på munden. Det er jeg ikke så glad for, for jeg bliver så våd om snuden af al den hengivenhed. Næste gang vi mødtes, var der ikke noget i vejen, så vi legede alle 3 sammen, og havde det hammer sjovt. Mor kunne gå og snakke med mine hundevenners mennesker. Jeg tror helt bestemt, at de hyggede sig, lige så meget som vi gjorde.

Jeg har også fået en helt ny legekammerat. Det er en lille terrierblanding på 4 måneder. Hun hedder Karen Blixen, men bliver blot kaldt "Blixen" til daglig. Mor har fortalt mig, at hun er blevet opkaldt efter en meget kendt dansk forfatterinde, der levede for længe siden. Mor ved altså en masse om en masse ting. Blixen er rigtigt sjov at lege med, og kan løbe hammer stærkt. Jeg kan altså ikke følge med. Når vi så holder pause, så ligger vi og nusser hinanden, for jeg ved godt, at en lille hvalp skal bruge meget mere tid på at slappe af. Faktisk er det jo ikke så længe siden, at jeg selv var en lille hvalp. Det er rigtig rart og hyggeligt at ligge der og nusse. Vi får lov til at lege sammen 1 gang om ugen. Så jeg glæder mig til næste uge.

Om fjorten dage har min mor en uges vinterferie. Så mor har lovet mig en dejlig uge med mange lange gåture. Det glæder jeg mig til. Hun siger, at vi også skal besøge dyrlægen i den uge, for det er tid til en ny loppekiks. Det er ok med mig, når bare det er noget, der kan spises, er noget der kan spises. Så kan jeg også blive vejet, for hun kan ikke løfte mig mere, jeg er blevet for tung. Men som hun siger, det blev min slægtning ”Skipper” også, så det er kun naturligt. Hun ved ikke rigtigt, om hun beder Onkel Keld om at køre os, eller om vi tager, det hun kalder: ”Bussen”.
Jeg laver ikke så mange bøllestreger for øjeblikket. Men mor gør også, hvad hun kan, for at der ikke ligger skindhandsker, huer og tørklæder og flyder. Jeg har desværre fået ødelagt hendes ynglings handsker. Den dag var jeg ikke lige i kridthuset. Jeg gjorde det altså ikke med vilje, men skind lugter altså så uimodståeligt, dejligt, og det er rigtigt godt at tygge i. Jeg ved godt, at jeg ikke mangler ting at tygge i. Jeg er den lykkelige ejer af 2 massive bolde, en gennemtygget fodbold, et vidunderligt knude reb, en godt gennemtygget okseknogle, hvor jeg efterhånden har fået pillet al marven ud og en 3, 4 oksehaleben, også uden marv. Marven er altså bare den bedste del - ummmm - nu løber mine tænder altså i vand. Men jeg får ikke noget at spise førend om et par timer, så jeg må lige styre mig lidt.

Jeg håber at I alle 4 har det godt der op i det nordlige. Glæder mig til at høre fra jer. Husk nu at mor siger, at I altid er velkomne til at hilse på, hvis jeres vej falder forbi.

Mange kærlige hilsener og knus fra os

Simka

.

Kære Simka, Pia og Jørn,

Igen tak for din dejlige hilsen, du ved jo, at vi alle bliver glade for at høre fra dig, og at høre du er ved at blive en fornuftig dreng, da jeg fortalte mor Snowie det, blev hun lige et par cm højere, som hun siger, hun ved godt, at du er og bliver en god dreng, som hun vil være stolt af hele livet.

Dejligt at høre, at du møder mange gode legekammerater og det er også godt, at du forstår at afværge skænderier, det er rigtig fine egenskaber. Selvfølgelig vil du møde mange sjove hunde og bøssehunde, som din menneskemor siger.
Her går det godt. Vi påtænker at tage på udstilling i Næstved d. 6.6.15, det er i Retriever Klubben.

Mange kærlige hilsener fra
Snowie, Chanel, Poul og Lis

Ps. Hils onkel Keld.

Kapitel 20

Dato: 15.03.15.

Kære Mor Snowie, tante Chanel, Poul og Lis.

Så er der nyt fra mig. Tænk - at der allerede er gået en måned, siden jeg sidst havde poterne på mors PC. Hvor går tiden stærkt, og jeg er snart ved at være en stor dreng på 10 måneder. Jeg vejr 35,9 kg, hvilket vores hundetræner i lydighed synes er for meget. Så nu har mor igen sat madrationen ned, og værst af alt - der er også blevet længere imellem godbidderne. 200 g mad om dagen og lidt A,38 til natmad, er ikke meget, men som mor siger, så er det noget super godt foder, jeg får. Det hedder VAKS og er 100 % dansk. Faktisk er det ok, da mor smider det på gulvet, så det er spredt for alle vinde, for så skal jeg bruge mere en 2 sekunder på at spise. Mor har snakket med ham manden, der kommer med mad til mig, i lørdags, da vi var til hundetræning.

De blev enige om, at jeg godt kan få voksent foder nu, da jeg allerede har en super god muskelmasse. Så næste gang mor bestiller foder, så får jeg voksen light foder. Det er en form for junior mad, altså så vidt jeg har forstået. Ellers går det fint hernede i Stubbekøbing og omegn.

Marts – stadig kold men ingen sne

Jeg er igen begyndt til lydighedstræning. Mand - hvor jeg glæder mig hver lørdag. Det er super sjovt, at være sammen med alle de andre hunde og mennesker. Dog er der en ting som har ændret sig, nu når man har passeret de ni måneder. Frikvartererne er blevet til pauser på 5 minutter, og med snor. Så vi kommer i god tid, så jeg frit kan lege med de andre hunde, hvilket ikke er så mange som før. Mange af dem er konstant i snor. Jeg synes, at det er synd for dem, at de ikke må lege med os andre, men mor har forklaret mig, at det nok er fordi, ejerne er bange for, at der skal blive slagsmål.

Det er også kun nogle få af de gamle legekammerater, der kommer til træningen. Heldigvis er Emma pigen (golden) der, og hun er lige så glad som mig for at lege, ligge på ryggen og nappe i hinanden legen. Vi er lige gamle og lige store. Thor er der også, men han går stadig på hvalpeholdet. Derudover er der min gode ven schæferen Faust og min labradorveninde Sally. I går da var der en golden, som jeg legede med sidste gang, der ikke fik lov til at flintre rundt med os andre. Mor siger, det er fordi, hun er i noget som hedder, "løbetid". Jeg er ikke helt klar over, hvad det er, og mor siger, at det er hun godt til freds med, for efter hendes mening, kan jeg tids nok blive noget, der hedder "kønsmoden". Hun ved alt om det fra de andre hunde, hun og far har haft, at vi hanhunde bliver krop umulige at gå tur med, fordi de der såkaldte "hanhunds hormoner" løber af med os. Det lyder spændende, syntes jeg.

Mor mener dog, at jeg ikke bliver en "rigtig" hanhund, førend jeg begynder at løfte ben, når jeg skal tisse. Det er, hvad ordet "kønsmoden", betyder. Men det skal nok komme i nær fremtid, siger hun. I hvert fald er jeg glad for, at ligge ned og "pinke" med mit bløde tæppe, hvilket ifølge min mor, er en øvelse i, at "bedække" en tæve, altså bortset fra, at man gør det stående. Næste uge skal jeg ikke med til træning, da der er noget mor kalder et foredrag. Så vidt jeg har forstået, så handler det om adfærd, (adfærd = opførsel), og nogle andre ting, som jeg ikke ved noget om.

Siden sidst har min mor også fejret sin fødselsdag. Hun havde gæster 2 dage i rap, hvilket jeg syntes, var rigtigt hyggeligt, da der var så mange flere at kæle og lege med. Efter hendes mening fik hun nogle gode gaver. Jeg synes, at de havde én fejl, de ikke kunne spises.
Men mor var super glad for dem alle sammen. Mand en lækker lagkage hun havde lavet. Hun havde lavet alting lige fra bunden også den fine pynt.
Den var i 3 lag med vaniljecreme og hindbærmousse imellem bundene.
Hun overtrak den med noget der hedder: "Fondant", og pyntede toppen med roser og grønne blade, som også var lavet, af det der fondant. Jeg fik lov til at smage et

"mikroskopisk" stykke, og det smagte super godt. Mor var meget stolt af resultatet, og hun fik masser af ros for den af både gæsterne og far. Jeg var også heldig, for Inga, en af mors gæster, havde et røget ben med til mig. Du kan tro det smagte godt.

Nu er det hverdag igen, og vi går stadig de dejlige lange ture, hvor mor også inkluderer træning af dæk og sit. Det der med at sitte er jeg rigtig god til. Jeg kan også godt dække, men jeg er stadig ikke helt tryg ved det, når mor går et stykke væk fra mig. Jeg ved godt, at hun kommer og henter mig igen, men det er altså svært at blive liggende. Det bedste ved det er, at jeg får en lille bitte godbid, hver gang jeg gør det rigtigt. Mor siger, at jeg nok skal få det lært. Man kan bare ikke forvente, at det sker fra den ene dag til den anden. Hun synes, at jeg er blevet rigtig dygtig til at komme, når hun kalder, også selvom jeg leger med de andre vovser. Jeg er stadig ikke så god til at gå i snor, når vi møder andre hunde og mennesker, men hun siger, at det bliver bedre dag for dag. Vi træner i hvert fald ihærdigt på det begge to.

Efter at køkkenet er blevet forbudt område, når mor ikke er der, så har jeg heller ikke lavet nogen ulykker.

Og så er det blevet forår, som mor kalder det, i hvert fald efter kalenderen. Der har altså også været nogle dejlige lune solskinsdage. På mors fødselsdag skinnede solen hele dagen. Regn har vi heldigvis heller ikke set så meget til den sidste måneds tid. Så jeg har heller ikke brugt så mange håndklæder.

Jeg håber at I alle har det godt deroppe nord på. Er I alle raske? Er mor Snowie kommet over sine skavanker? Trist at vi ikke ses førend den 6/6, men så har jeg da tid til at lære den svære kunst at gå, sidde og stå ordentligt, så I alle sammen kan blive stolte af mig. Mor har vist planer om, at jeg skal på et enkelt skue, førend det går løs med udstillingen. Hvis der altså er nogen, som ikke ligger for langt væk. Men det finder hun ud af.

Det var vist alt for denne gang, så jeg vil slutte for nu. Det er også ved at være gå tur tid. Så hav det rigtigt godt og pas godt på jer selv og hinanden.

Stor knuser fra os alle 4 hernede på Sydhavsøerne.
Simka.

Kære Simka, mor og far samt onkel Keld,

Tak for dit dejlige brev, jeg må sige du oplever meget, og på billedet kan jeg, at du er en flot fyr efterhånden og det der med løbetid hos damerne, skal du nok finde ud af. Jeg må sige, det er nogle fine lagkager du har sendt billeder af, men godt du holdt dig væk, og ikke nappede noget fra køkkenbordet.

Vi tager til Nykøbing F – hallerne den 4.4. men det er kun Chanel der bliver udstillet, fordi mor Snowie ikke er helt på toppen. Vi ses måske dernede.

Kærlig hilsen
Snowie, Chanel, Poul og Lis

Kapitel 21

Har travlt med at læse den daglige avis

Dato: 22.03.15. - Søndag og solskin

Kære Mor Snowie, tante Chanel, Poul og Lis.

Her går det stille og roligt. Mor siger, at vi selvfølgelig kommer forbi Nykøbing F hallen den 4. april. så vi kan se den dygtige og fine tante Chanel, med håb om at hun hjemtager nogle gode præmier. Hvad tid starter det?

Mor siger, at jeg nok ikke skal udstilles, da min pels er en smule mølædt omkring haleroden. Jeg er komet til at klø mig for meget, siger min far. Mor er lidt bekymret over det, og spekulerer på om det muligvis kan være overfølsomhed overfor et eller andet. Der er lidt sårskorper og dem smører mor med lidt salve.

Mor spørger også, om I har lyst til at kigge forbi til en kop kaffe og en bid mad - eller bare en kop kaffe efter udstillingen, når I alligevel er hernede? Så kan I jo også hilse på far. Jeg glæder mig under alle omstændigheder til at se jer den 4.

Nåh men jeg smutter igen. Det er gå tur tid i det dejlige vejr, og jeg glæder mig til at læse den daglige avis.

Kærlig hilsen fra os alle i Stubbekøbing,

Simka.

Kære Simka, Pia og Jørn,

Tak for brevet, vi glæder os til at se Jer d. 4.4. Nu må vi se, om Chanel kan opnå noget, hun mangler lidt i forhold til Snowie, men vi krydser fingre. Det er meget sødt af Jer at invitere til kaffe, men - men når vi har været på udstilling, og har været meget tidlig oppe, så er vi så trætte, at vi helst vil hjem, men vi vil stadigvæk gerne have det til gode, en sommerdag, hvor vi kan aftale, at vi kommer forbi, det kunne være meget hyggeligt. I slipper ikke for os en dag.

Kærlig hilsen
Snowie, Chanel, Poul og Lis

Lige et PS, udstillingen starter kl. 10.00 og Chanel skal fremvises som nr. 67, hvis alle kommer

KH os

Kapitel 22

Dato: 04.04.15. - Tak for i dag.

Kære alle 4.

Tak for i dag. Det var smadder hyggeligt, lige som det plejer, at hilse på jer. Sjovt at se at mor Snowie, stadig kan huske sin lille frække søn. Selv tante Chanel kunne huske mig, da hun først var kommet ud af kassen.

Hvor sidder vi pænt - ikke?

Jeg håber at tante Chanels bedømmelse var god og er glad på hendes vegne for at blive 4. vinder.

Fik Poul sin lur? Jeg ved at I var trætte, det var jeg også. Alle de nye indtryk man får sådan en dag, og jeg gad dårligt nok, at gå tur da vi kom hjem. I hvert fald blev der kun hentet 2 gange pind ude i vandet. Nu vil jeg i hvert fald tage mig en lur.

Vi skulle hilse mange gange fra onkel Keld og resten af familien. Hav en dejlig påske, og pas på jer selv og hinanden til vi igen snakkes ved.

Kærlig hilsen fra os i Stubbekøbing.
Simka.

Kære alle,

Tak for hilsenen og vi synes også det var hyggeligt,
Nu må du huske, at vi har et stort bur med til Næstved, så Simka ikke skal have klippet en hale og en snude,
for at være i buret.
Vi tales ved.

Mange kærlige hilsener
Fra Snowie og stolte Chanel samt Poul og Lis

Kapitel 23

Ha, Ha – jeg fik pinden!

Dato: 26.04.15. - Forår

Kære Mor Snowle, tante Chanel, Poul og Lis.

Så er det for alvor blevet forår her i Stubbekøbing. Det siger mor i hvert fald. Det er blevet helt lysegrønt, når man går tur, siger mor. Hvad ved jeg, jeg ser jo slet ikke farverne på samme måde som mennesker, men jeg kan se at alle strit pinde, (mor kalder dem træer og buske), har fået, eller er ved at få, de der små dimser, som mor kalder: "Blade". Så nu er der meget mere, man kan snuse til. Det dufter i hvert fald vidunderligt, dejligt, når vi går tur, og det føles også meget varmere. Mor har dog ikke helt smidt vinterjakken. Hun tror, at det stadig kan blive koldt både morgen og aften. Jeg føler også, at der er noget i luften, for mange af damehundene vi møder, lugter ekstra godt for øjeblikket. Så nogen gange glemmer jeg at høre på min mor, når hun kalder. Jeg ved ikke helt endnu, hvad jeg kan bruge det til, men mor siger, at det skal nok komme. Dog mener hun, at jeg er for doven, når jeg bruger mit pinke tæppe. Hun siger, at man ikke kan ligge ned, når man skal gøre indtryk på en damehund. Det er nok fordi jeg syntes, at det er nemmere at ligge ned end at stå op.

Det er også slut med forårs træningen i lydighed. Så nu mener mor, at så er det tid til at få noget ringtræning ind i mit hoved, så vi kan gøre det rigtigt godt til udstillingen den 6/6. Så det er næste punkt på dagsordenen. Hun ved ikke rigtigt, om vi skal fortsætte med træning i politihundeklubben. Vi synes begge to, at denne her omgang var lidt kedelig. For meget lydighed og for lidt sjov, efter min mening. Det var først de sidste 3 gange, at vi prøvede noget, der lignede apportering. Det var sjovt nok at løbe ud og hente den der hvide ting, mor kalder, "en apport". Men det var meget sjovere at beholde den. Mor siger, at jeg skal lære at aflevere den, hvilket vi gør ved at bytte apporten ud med en godbid. Så det er vi ved at indøve, når vi er ude i haven, og når vi går vores daglige tur ved Grønsund. Mor mener, at jeg er ved at forstå, hvad det drejer sig om, når man apporterer. Selv synes jeg, det er mest sjovt at apportere i vand. Til det bruger vi nogle tykke træpinde, som mor kyler så langt ud som hun kan. Så siger hun apport, og så knokler jeg med fuld fart ud i vandet, og henter den. Sommetider glemmer jeg at aflevere den på den rette måde, fordi der lige er en fært, som jeg synes er mere spændende, hvilket resulterer i, at jeg smider den lige dér, hvor der lugter så spændende. Så får jeg ikke nogen ros og godbid af mor. Hvilket jeg ellers gør, når jeg gør det korrekt. Men jeg er jo stadig bare en stor hvalp på 11 måneder, der stadig skal lære en masse ting. Mor siger, at jeg nok skal få lært det hen af vejen.

Jeg er, hvad mor kalder, en rigtig vandhund. At gå i vandet er noget af det bedste jeg ved, enten det er højvande eller lavvande. Jeg har ikke noget imod at få vand over det hele. Ja, jeg prøver endda somme tider at dykke, når det er en pind, der er for tung til at flyde. Jeg kan selvfølgelig ikke få fat i den, men jeg kan se den nede på bunden. Det sker dog kun, når det er lavvande. Når det er dybt, har jeg for travlt med at svømme og bruge halen til at styre med. Men det er altså også sjovt. Og når jeg så kommer i land, så ryster jeg pelsen godt og grundigt, dog i pæn afstand fra mor, hvilket hun sætter stor pris på, for ellers bliver hun drivvåd, og af en eller anden grund, bryder hun sig ikke om, at blive våd på denne årstid.

Så skal der leges

Når det er fortalt, så nyder jeg mit dejlige hundeliv. Især når jeg møder mine ynglings hunde legekammerater. Som I kan se på billederne mødte jeg Emma, Odin og Tulip, sidste lørdag. Vores mennesker gik med os ned til vandkanten, og kastede med pinde ud i vandet. Du kan tro, at vi alle fire havde det skægt med alt det vandpjaskeri, fordi det var lavvande. Dog er Odin Broholmer, ikke så glad for vand som os andre. Når han går i vandet, ser det lidt skægt ud, for han løfter sine ben meget højt, fordi han ikke kan lide at blive våd på de nedre regioner.

Vi har også fundet ud af, at Louie ikke bor så langt væk som vi troede. Så nu leger vi tiere sammen. Når jeg er inde i hans have og lege, så er han helt ok med, at jeg låner hans legetøj. Vi leger med hans tennisbold og med hans gris, der siger onk, onk når man trykker på den. Mor siger, at det ser ud som om, vi har det rigtigt sjovt, og tro mig - det har vi. Jeg er også begyndt at gø lidt. Det gør jeg, efter mors mening, når jeg ser noget, jeg ikke helt er helt tryg ved. Men hun vil helst ikke have, at jeg gøer, og hun er rigtig god til at berolige mig, så jeg kan forstå, at det jeg gøer af, ikke er så farligt, som jeg tror.

Jeg har det ellers godt og trives. Jeg har desværre været skyld i, at mor har fået et dårligt knæ, så hun kan ikke gå lige så langt, som hun plejer. Jeg gjorde det selvfølgelig ikke med vilje, men det skete under en hjemkalds øvelse, hvor jeg glemte, at jeg skulle trække i håndbremsen, lige før jeg nåede mor. Ups – resultatet var, at jeg ramlede lige ind i hendes højre ben med alle min 34 kilo. Det var jo ikke så godt, for det gjorde meget ondt i mors knæ, og hun har vist nok beskadiget enten en sene eller noget hun kalder en "menisk". I hvert fald skal hun på hospitalet og undersøges den 6. maj. Så nu er hun spændt på, om hun vil være 100 % klar til den 6/6. Jeg håber det, for det er altså altid så hyggeligt at være sammen med jer. I øjeblikket har hun til tider meget ondt, kan jeg se.

Så for øjeblikket er livet bare dejligt, også selvom jeg ikke må grave mors blomster op. Så jeg vil slutte for nu, med håb om, at I alle har det godt og trives. Jeg glæder mig til at høre fra jer, og om hvad I laver deroppe i det smukke område ved Arresøen.

Mange knus og kram fra os hernede på sydhavsøerne.

Simka.

Kære Simka, Pia, Jørn og onkel Keld,

Tak for mailen, herligt at høre, at du trives så godt, men vi kunne heller ikke tro andet. Det er klart, at du skal lære at forstå, hvorfor damerne dufter dejligt et par gange om året, så må vi se om du kan få love at udnytte dine talenter. Vi kan fortælle, at tante Chanel er i "duftetid" lige nu.

Det er dog noget kedeligt noget, at din mor er kommet galt af sted, men vi ved godt, at det ikke var med vilje, det har min mor også prøvet nogle gange, om end ikke så alvorligt.

Vi nyder også foråret, og glæder os til sommer, så vi kan hygge på terrassen.

Nu varer det ikke så længe før du bliver 1 år, ja det er utroligt, som tiden går – næsten for stærkt.

Vi håber, at se dig i Næstved.

Hils mor, og ønsk rigtig god bedring med benet.

**Mange kærlige hilsener fra
Mor Snowie, tante Chanel, Poul og Lis**

Kapitel 24

Et helt træ - jubii

Dato: 16.05.15. - Snart 1 år!

Kære Mor Snowie, tante Chanel, Poul og Lis.

Så fik jeg endelig tid til at komme på mors PC'er med de seneste nyheder hernede fra Stubbekøbing og omegn.

Jeg håber at I har det godt. Er alt lige så grønt oppe hos jer, som det er hernede? Er I alle raske? Håber, at I lige som mig, nyder den smukke natur? Mor siger, at der er masser af den oppe hos jer, og at den er lige så smuk, som hernede.

Mand - hvor løber tiden stærkt. Mor og far kan næsten ikke forstå, at jeg meget snart bliver et år. De synes begge to, at jeg alt for hurtigt er blevet stor. Jeg synes nu ikke, jeg er specielt stor, men det skal nok passe, når mor siger det. Hun har lovet, at jeg får et lille bitte stk. lagkage, når jeg nu bliver et år her den 22. maj. Jeg får nok også en fødselsdagsgave "drømmer om et kæmpe stort ben". Jeg glæder mig i hvert fald.

Der er ikke sket så meget siden sidst. Den ene dag tager den anden, efter at hundetræningen er overstået. Snart skal vi starte med ringtræning, siger mor, hvis der altså er nogen, der har det på nuværende tidspunkt. Hun siger, at hvis vi starter i næste uge, så kan vi nå 3 gange inden udstillingen. Det ville vi begge have godt af. Ellers må vi selv træne, og få onkel Keld til at se efter, hvor det punkt er, hvor jeg begynder at trave. Mor mener, at det ikke er dér problemet ligger. Det er, at få mig til at stå foran hende i stedet for at sitte. Men mor Snowie, det er altså svært at forstå for lille mig. Normalt så skal jeg sitte ved siden af hende og aflevere, hvad jeg end har i munden. Hvilket jeg er blevet helt god til, når bare jeg gider. Nu skal jeg som sagt stå foran mor i stedet og logre med halen. Mennesker er nu mærkelige.

Hvor er foråret dog en dejlig tid. Hver dag bliver det til ture i vandet. Mand - hvor er det altså sjovt at springe ud i vandet og hente alle de pinde, som mor smider derud. Men nogen dage er jeg lidt doven, for så smider jeg pindene i vandkanten, inden jeg går på plads hos mor. Ja, jeg ved godt, at der så ikke følger nogen belønning, men for tiden er der altså så mange spændende, nye dufte rundt omkring, bla. af blomster og græs. De er altså for fristende at snuse til, og det går bedst uden pind i munden. Ellers træner vi dæk øvelser, hjemkald og andre såkaldte lydighedsting.

Jeg er blevet ganske god til at lystre, når jeg selv skal sige det. Mor er ikke altid enig, især når jeg glemmer, at jeg ikke må løbe hen til andre hunde og mennesker, førend jeg får lov. Mor siger, at man kan få noget der hedder; "en klækkelig bøde", hvis en person anmelder os til politiet. For ifølge, noget mor kalder; "hundeloven", skal hunde være i snor, når de luftes på noget, der hedder; "offentlige områder", med mindre der er "et skilt", der viser, at man godt må være løs, når man følges med sin ejer, og ejeren har kontrol over sin hund. Et sådan skilt findes der ikke der, hvor vi går tur til daglig. Mand, hvor er der mange ord, som jeg ikke kender. Når vi møder nogen, vi ikke kender, så kalder mor mig til sig, og jeg får snor på, og skal gå pænt ved siden af hende. Det gør jeg så - for det meste, men en gang imellem smutter det, altså - det med at gå pænt. Så bliver mor sur, og vi vender om, og går et lille stykke, hvorefter vi vender tilbage til den vej, vi var på vej hen ad. Hun siger, at grunden til at jeg skal gå pænt er, at jeg kunne komme til at hive hende om kuld, når jeg trækker med alle mine ca. 32 kilo. Det kunne jeg vist også godt, men jeg tænker mig altså ikke altid om, for jeg er jo stadig kun en hvalp, dog en stor en af slagsen, siger mor med et smil.

Nu er jeg for alvor blevet hanhund, siger mor. Kristi Himmelfartsdag, lettede jeg ben for første gang. Det kom bare sådan helt naturligt, for der var ikke så megen plads på den smalle dyresti. Mor Snowie, det var altså ikke ret svært at holde balancen på 3 ben, men det er stadig nemmere at strinte, når man står på alle 4. Mor siger, at jeg pludselig letter ben, hver gang jeg skal strinte, og at jeg sikkert vil gøre det en million gange på vores dejlige lange gåture.

I dag har vi gået ekstra langt på vores gåtur. Pludselig endte vi ude ved noget, mor kalder; "Ore Strandpark". Vi plejer ellers kun, at gå så langt som til noget der hedder: "Kongsnæs". Mest på grund af hendes dårlige knæ, men også fordi vi som regel møder nogen af mine legekammerater. Det var en dejlig gåtur langs stranden, hvor mor kiggede efter sten i specielle udformninger. Det gør hun nogen gange, og så glemmer hun tiden. For mig er det også sjovt, for jeg kan smutte ud og dyppe fødderne, når det passer mig. Hun fandt en sten der muligvis kan være en del af et redskab, som mor kalder; "flint", som man brugte, i noget mor kalder: "Stenalderen".

Hun så et program i går, om de første mennesker der befolkede Sjælland. "Det er den ø I bor på". Både mor og far er meget interesseret i det, som de kalder "historie". Hun fandt også en underlig sten, der minder om noget, man kalder; "rav". Det er det nok ikke, for mor mener, at den er for tung, og hun siger, at rav er meget let, da det er noget man kalder; " forstenet harpiks", der er noget grantræerne producerer i dag såvel som for millioner af år tilbage i tiden, ifølge min mor. Så vidt jeg forstår, så betyder det, at harpiksen har ligget nede på bunden af havet under tunge sten. Derfor er det blevet til en hård masse, der kunne bruges til at købe ting for, ligesom det mennesker kalder; "penge". Mor siger, at rav også kaldes, "Nordens guld". Hvad ved jeg, jeg er jo kun en lille - stor hvalp på næsten 1 år. Jeg fandt en aflang rund sten, som mor mener, er noget man kalder "et jættelys". Hun ved altså mange ting, men hun er jo også gammel.

Mor har stadig ondt i sit knæ, og skal til noget der hedder en "MR scanning" i begyndelsen af næste måned. Så får vi se, hvad der er galt.

Forresten er mor blevet opfordret til at samle alle mine breve til jer i en bog. Vi håber, at I ikke har noget imod, at vi bruger de breve, svar og billeder, som vi har udvekslet? I øjeblikket er vi ved at samle hele molevitten i noget mor kalder; "et word dokument". Jeg synes at det lyder spændende, og håber, at der er nogen, der gider læse bogen, når den er færdig.
Nåh, men jeg vil slutte for denne gang. Vi skal videre med at samle bogen og billederne. I dag er det jo tid til indendørssysler. Det regner udenfor, ikke fordi det generer mig, men det er altså også hyggeligt at være indendørs. Vi ses til udstillingen.

Mange knus og kram fra os hernede på sydhavsøerne.

Simka.

Kære Simka, Jørn og Pia,

Endnu en gang tak for mailen, som er skønt at modtage hver gang, det bliver rigtig spændende, at det kan blive til en bog om dig og dine meritter, det vil vi glæde os til at læse. Ja, nu er der ikke mange dage til, at du bliver 1 år, ak ja, hvor tiden går, men dejligt, at du er en rigtig god, kær og køn hund. Vi glæder os til vi ses i Næstved.

Mange kærlige hilsener fra

Mor Snowie, tante Chanel, Poul og Lis

<u>Kapitel 25</u>

Dato: 22.5.15.

Kæreste Simka,

Mor Snowie, tante Chanel, Poul og Lis ønsker dig hjertelig til lykke med det første år, vi synes, det er så dejligt at følge dig.

Vi ses i Næstved.

Hils din far og mor samt onkel Keld.

Kærlig hilsen os alle 4

Kære Mor Snowie, tante Chanel, Poul og Lis:-)

1000 mange tak for fødselsdagshilsenen. Mand - hvor var det sjovt at have fødselsdag. Mor havde sat flag i sine krukker på trappen. Det så rigtigt godt ud, hvilket i kan se på billederne neden under.
Jeg fik masser af guffer, og mor havde lavet lagkage til mig, med 1 lys i:-) Jeg fik ikke ret meget flødeskum. Derimod en del jordbær.

Mors fine fødselsdagsflag

Min lagkage med 1 lys i

Jeg er startet til ringtræning i torsdags. Det var såmænd sjovt nok. Men ingen leg, for det må man jo ikke, når man skal vises frem foran en dommer.

Hverken mor eller jeg er særligt gode, men mor er sikker på at vi nok skal få det lært. Det tager sikkert noget tid, men sådan er det jo. Alt nyt er jo svært. Det jeg synes er sværest er at stå foran mor, i stedet for at sidde. Det sværeste for mor er at vende en halv omgang, hun vender hele tiden en hel. He he.
Bortset fra det, så har mor været et kvaj. Hun har ikke fået os tilmeldt til den 6. Hun er indimellem lidt glemsom. Især når hun har for meget om ørerne. Så nu håber vi, at det er muligt at blive tilmeldt på dagen.

Hvis det ikke er muligt, så kommer vi ikke, og får desværre så ikke hilst på jer. Det er ellers altid noget, vi glæder os til.

Bortset fra det så har vi det godt hernede i Stubbekøbing. I dag har onkel Keld været her og spist noget mennesker kalder; "pinsefrokost". I går havde far og mor noget der hedder: "40 års bryllupsdag". En sådan dag betyder i hvert fald "mad" - og de fik noget dejligt kød der hedder: "T-bone steaks". Jeg fik det øverste ben, og det var bare super, for så kunne jeg bare gnave løs. Mor siger, at det er godt for mine tænder, at gnave ben.

Desværre har jeg allerede tygget det i mig – ØV. Nåh - men sådan er livet, og ifølge mor mangler jeg ikke noget. Jeg er ikke helt enig – men det er jo desværre ikke mig, der bestemmer.
På lørdag skal mor på Hamlet i København og have sit knæ "MR scannet". Onkel Keld kører. Jeg kan desværre ikke komme med. For der må ikke komme hunde på hospitalet. Mor siger, at når de alligevel er i København, kan de lige så godt tage til Hvidovre, og besøge noget af familien. Jeg kender dem ikke, men mor siger, det er hendes og fars ældste nevø, der bor der.

Til slut vil jeg ønske jer alle fire en rigtig god "Pinse", som mor kalder det. Vi ses snart:-)

Mange knus og kram fra os her i Stubbekøbing.

Simka.

Se, jeg er en statue

Jeg kom desværre ikke på udstilling i Næstved, ikke fordi vi ikke kunne blive til meldt efter fristens udløb, men fordi min mor blev syg.

Faktisk så jeg heller ikke for godt ud. Mor sagde, at jeg lignede et hullet uldtæppe, fordi jeg fældede så meget, og havde nøgne pletter bla. på albuerne, og nede ved haleroden. Når man ser sådan ud, siger mor, er det bedst at blive hjemme, for bare pletter, det er noget dommeren i hvert fald lægger mærke til.

Det mest kedelige var, at jeg ikke så Lis, Poul, Mor Snowie og tante Chanel - ØV.

Mange hilsener
Fra
Simka og hans mor.

Der dufter dejligt – lige her